서영옥의 집 이야기

서영옥의 집 이야기

글·그림 **서영옥**

해조음

'집'이라는 시간과 공간에 담긴
삶의 흔적들

수업 첫 시간, 한 학생이 아는 체를 합니다. 초면인 그 학생에게 이유를 물었더니 저에 대한 이력 몇 가지를 알고 있다는 겁니다. 긍정적인 이력이라 천만 다행입니다. 주어진 삶을 살았을 뿐인데 누군가 그 삶을 주시한다고 생각하니 고마움과 두려움이 반반이더군요.

우린 서로 다른 시·공간을 살지만 우리의 신경망은 그것을 초월합니다. 과거와 현재라는 시간도 공평하게 흐르지만 누구에게나 일정하게 흐르는 것 같지는 않습니다. 그 속에 켜켜로 다져진 추억이 다채로운 풍경을 남깁니다. 저마다의 원풍경原風景이지요. 제겐 그것이 '집'이라는 텍스트와 형상으로 드러났습니다. 그동안 '집'을 주제로 꾸준히 작업해온 것도 같은 맥락입니다.

저에게 글과 그림은 동일선상에 있습니다. 수화, 말, 글 등 소통의 수단은 다양하지만 단독으로 삶을 다 담아낼 수는 없습니다. 제 그림에 글이 함께 버무려지는 이유랍니다. 저의 생활공간은 집과 학교, 전시장이 대부분입니다. 책 제목을 『서영옥의 집 이야기』로 한 것은 작업의 제목과 텍스트가 집이고, 그 집(우주)이라는 시간과 공간에 삶의 흔적들을 담았기 때문입니다.

하루를 시작할 때 집에서 나오고 일을 마치면 집으로 돌아갑니다. 끊임없는 시행착오의 연속인 우리네 삶은 집에서 집으로 이어집니다. 다양한 삶의 질곡들이 집과 어우러져 그물망을 형성합니다. 결국, 우리는 우주宇宙라는 집에서 밀착되어 살아갑니다.

엄밀히 따지면 우리는 하나입니다. 나는 세상과 어떤 관계를 맺고 있고 이웃과는 어떤 관계인지, 다양한 사연이 궁금하고 공감하게 되는 것 아닐까요. 학연, 지연으로 맺어진 인연과 생물학적인 혈연관계도 있지만 영혼의 유전자를 나눈 관계도 있습니다. 그러나 '나'라는 존재는 엄연히 분리되어 살아갑니다. 이것이 바로 'Who am I?'를 질문하게 되는 계기와 출발점이자, 신앙을 갖거나 철학을 하고 예술을 추구하는 이유가 아닐까 생각합니다.

그러나 진정한 나를 찾고 진리를 터득하는 일은 아득하기만 합니다. 진실한 사랑을 하는 것도 마찬가지지요. 이 모두는 먼 나라 이웃 나라의 얘기, 태양계나 카오스에서 혼돈스러운 그 무엇이 아닐 것입니다. 모두 평범한 삶 속에 있고, '집' 안에 있다는 생각입니다. 이때 집은 우리의 마음일 수도 있습니다. 우리는 그 과정을 살아가는 것이겠지요.

사랑하는 사람은 한시도 잊지 못하는 것처럼 제게 그림은 유년 시절부터 지금까지 곁을 떠나본 적이 없는 그 무엇입니다. 평생 좋아하는 일을 지켜가는 데는 몇 배의 고통이 뒤따릅니다. 때론 주변까지 힘든 상황으로 몰고 가지요.

그런 저의 삶에 조금 지쳐가던 어느 날, 지인이 대뜸 '다 갖추고 살아가는 사람'이라며 부러움의 눈을 흘깁니다. 겉모습과 결과만으로 한 사람의 인생을 재단하는 것은 위험하기도 하지요. 반면 누군가에게는 힘이 되고 꿈이 될 만한 겉모습도 그리 나쁜 것 같지는 않습니다. 바로 『서영옥의 집 이야기』를 묶게 된 계기입니다.

너무나 평범한 저의 삶이 어찌 보면 특별해 보였을 수도 있고, 일면 부러움이기도 했겠지요. 또 누군가에게는 그저 무미건조한 삶으로 보였을 수도 있겠고, 누군가에게는 완벽한 것처럼 보였을 수도 있겠지요. 그런 제 삶이 담긴 '집'의 문을 열어 보려고 합니다. 미리 밝히지만 결코 이 시대를 대변하는 거대담론은 못됩니다. 지극히 개인적이고 부족한 서영옥의 고백록쯤으로 봐주시면 고맙겠습니다.

저는 어려서부터 느렸습니다. 그리고 늘 부족했습니다. 어른이 된 지금도 마찬가지입니다. 작품을 마무리하거나 강의를 마쳤을 때, 식탁에 음식을 올린 후에도 부족함을 느낍니다. 『서영옥의 집 이야기』을 묶으면서도 그랬습니다. 돌아보니 그것이 곧 제 '삶의 지평'이자 '인연의 행간'이었으며 '배움의 아틀리에'였습니다. 조심스럽고 부끄럽지만 지난날을 더듬어 오늘을 비추는 계기로 삼겠습니다. 한편, 같은 길을 가는 분들과 가고자 하는 분들께 작은 공감이면 더할 나위 없는 기쁨이겠습니다.

끝으로 작가와 부모, 선생도 그 누군가에겐 딸이고 부모이며 학생이라는 것, 즉 우리 가운데 한 사람임을 고백합니다. 특별히 제자를 써 주신 류재학 선생님께 감사 드리며, 출간에 도움주신 해조음 이철순 대표와 인연 있는 모든 분들께 진심으로 감사드립니다.

2016년 한 해를 마무리하며

훈나 **서 영 옥**

2009년 作

바람이 불던 날이었어요. 집을 지었지요. 흔들리는 나뭇가지가 바람 때문인지, 마음
때문인지 알 수 없었지만 흔들리는 가지처럼 내 마음 떨렸어요. 있다가도 없고 사라
졌나 돌아보면 다시 나타나던 바람, 그 바람 불던 날 집을 지었답니다. – '집짓기' 중

첫째 이야기

집 이야기

우리 집

따뜻한 봄날 오후 학교에서 돌아온 아이가 "어머니! 우리 집은 몇 평이에요?"하고 물었다. 초등학교 1학년 또래들에겐 별 뜻 아니었을 텐데 나는 적잖이 당황했다. 꽤 현실적인 질문을 한 아이가 갑자기 컸다는 느낌이 들던 순간이다.

휴일 아침, 아이가 켜놓은 컴퓨터엔 헐리우드 스타들의 집이 즐비하다. 바로크나 로코코 시대를 연상케 하는 호화로운 저택을 보며 아이는 감탄사 연발이다. 역사 현장이 아닌 헐리우드 스타들의 거주지란다. "저토록 화려한 저택에서는 어떤 일이 일어나고 어떤 꿈들이 자랄까?" 아이는 궁금하고 부러운 모양이다. 슬쩍 우리 집을 둘러보았다. 크지도 화려하지도 않은 지극히 평범하고 소박한 공간이 한 눈에 쏙 들어온다.

거실에는 작품과 책들뿐. 손 때 묻은 살림살이 사이엔 가족의 추억이 붙박여 있다. 작업에 방해될까봐 토끼발로 걸어주는 남편과 아들이 함께 사는 이곳엔 크고 작은 우리 가족만의 역사가 스며있다. 친절한 옆집 할머니와는 음식으로 정을 나누고 예민한 아래층 할머니를 생각해 소음은 내지 않으려 애쓰는 집. 서로를 보듬지만 가끔은 다툼도 하는 집. 꿈을 격려하고 아플 땐 서로 쓰다듬고 어루만져

주는 곳. 불편은 부지런함을 재촉하고 편리의 소중함을 일깨워 주는 집이다.

아침이면 뿔뿔이 흩어졌다가 저녁이 되어서야 다시 모이지만 그 만남이 기다려지는 곳. House라기 보다 Home의 개념이 더 어울리는 우리 가족의 밀실이다. 사랑을 채워 동그란 우주로 거듭나게 하고픈 곳. 이런 우리 집에 있을 때 나는 가장 편안하다.

2007년 5월, 새 칫솔 산 날

제비꽃 연가

교문을 벗어날 때쯤 문자 하나가 당도했다. 서둘러 오라는 남편의 메시지다. 걱정하며 집에 오니 문을 열어주던 남편이 나를 보자 웃는다. 남편의 미소를 보니 비보는 아닌 듯해 안심이다. 남편은 말 대신 내 손을 끌듯 식탁으로 데려갔다. 식탁 위에는 보라색 꽃이 소복했다. 생경한 화분에 소담스럽게 담긴 꽃. 키 작은 보라색 꽃이 빛을 받아 고아高雅했다.

"훈나! 달맞이꽃! 예쁘지? 자네 보여주려고 담아왔어!" 순간 남편의 표정이 꽃보다 환하다. 그런데 어쩌나? 제비꽃을 달맞이꽃이라고 한다. 당황스러웠지만 고마운 마음을 웃음으로 화답한다. 지금은 고인이 된 가수 김정호의 노래 '달맞이꽃'이 원인인 것도 짐작할 수 있었다.

"얼마나 기다리다 꽃이 됐나. 달 밝은 밤이 오면 홀로 피어 쓸쓸히 미소를 짓는 그 이름 달맞이꽃…"

해마다 수목원에는 달맞이꽃이 무리지어 핀다. 낮에 피는 분홍색 낮 달맞이꽃은 노란색 밤 달맞이꽃보다 색이 곱고 여리다. 연분홍색이 무리지어 필 때면 내 마음도 연분홍색으로 곱게 물들곤 하였다.

그러나 밤에 피는 노란색 달맞이꽃이나 낮에 피는 낮 달맞이꽃이

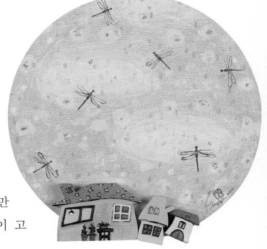

나 달맞이꽃은 왠지 애련한 마음을 일으킨다. 그 꽃을 생각하며 '달맞이꽃'을 흥얼거리곤 했었는데, 남편이 노래를 챙겨 들어 두었던 모양이다. 영문도 모른 채 달맞이꽃이 되어버린 제비꽃에 겐 미안하지만 소소한 내 삶을 경청해준 남편이 고맙다.

유럽에서는 달맞이꽃이 아테네를 상징하는 꽃이라고 한다. 로마 시대에는 장미와 더불어 심었고 그리스도교 시대에는 장미, 백합과 함께 성모님께 바쳐졌다고 한다. 성실과 겸손의 의미를 품고 있는 꽃이기도 하다.

이제부터 해가 바뀔 때마다 마음 뜨락엔 제비꽃이 달맞이꽃과 더불어 피어날 것 같다. 등불 아래서 활짝 웃는 제비꽃을 보니 남편에게 누적된 섭섭함이 눈처럼 녹아내린다. 한 세월 함께 하는 부부라는 동행을 제비꽃이 응원해주는 것 같다.

2013년, 눈썹달 뜬 밤

거듭나기

"앗! 으흐흐~~"

화장실에서 나오던 아이가 소리친다.

"왜 그러니?"

나는 사고라도 난 줄 알고 소리가 난 곳으로 달려갔다.

"게가 새끼를 낳았어요!"

동그란 눈으로 꽃게를 보고 있는 아이 곁에 가니 새끼가 아니고 허물이었다. 벗겨진 허물이 형체를 온전히 유지해 두 마리로 보였던 것이다. 가까스로 붙은 가느다란 다리까지 고스란히 벗겨놓아 두 마리 같았다. 건드리면 금방이라도 부서질 것 같은 얇은 허물이 위태롭게 자신의 존재를 각인시킨다.

꽃게는 곤충이나 애완동물들을 좋아하는 아이가 아끼는 녀석 중 하나다. 아이는 좋아만 할 뿐 보살피는 법은 잘 모른다. 나도 바쁘다는 핑계를 자주 댔다. 남편이 가끔 운동을 시키겠다며 나무 젓가락으로 등을 쿡쿡 건드리거나 먹이와 물 갈아 주는 것이 관심의 전부였다.

그래서 다른 놈들은 일찌감치 우리 식구 되기를 포기 했는데 열악한 환경에서 몇 년째 버텨주는 놈은 꽃게가 유일하다. 예뻤던 어항에 실금이 간 후부터는 본대도 없는 빈 꿀 병에서 지낸다. 혼자라서 쓸쓸한지 간간이 돌멩이 위에서 우두커니 올라 앉아 고개를 쳐들면 그 모습은 영락없는 산신령님이다. 그러면 우리는 "산신령님이 도道 닦는 중이니 방해하지 말자."는 농담을 하곤 했다.

그랬던 녀석이 모두가 잠든 밤에 허물을 벗었다. 비명도 못 지르고 육신이 찢기는 아픔을 견뎠을 것이다. 어떤 놈은 허물을 벗다가 목숨까지 잃는다던데, 어두운 밤 절대고독 속에서 홀로 힘겨웠을 녀석을 생각하니 먹먹하다. 무심한 집에서 살아준 것만으로도 고마운데 성장하여 허물까지 벗다니. 귀한 생명을 아이의 놀잇감 이상으로 생각해 주지 못한 지난날이 무척 죄스럽다.

보호막이 찢기는 아픔을 참고 성장을 준비하던 게 옆에 늘어진 허물은 말이 없다. 다만 존재의 가치와 성장의 의미를 일깨워줄 뿐. 목숨을 건 성장이 경이롭다. 어떤 삶이 때가 되어 실물과 실루엣으로 나뉘졌지만 생명을 지속해 갈 육신도 생명을 이탈한 빈 껍데기도 내 가슴 속에선 그저 한 몸일 뿐이다. 새삼 존재하는 모든 것들의 잉태와 성장의 의미를 새겨보게 된다. 아직도 녀석의 고독과 절규가 쟁쟁하게 들리는 것만 같다.

2008년 9월, 잠든 꽃게를 보며

말이 씨앗

20년 전이다. 입시를 도운 조교들에게 단대로부터 약간의 수고비가 나왔다. 조교들은 그 돈을 여비 삼아 바쁜 일상을 잠시나마 벗어나고 싶어 했다. 단체 MT는 누구의 발상이었는지 모르지만 일행은 무주 스키장 행에 올랐고, 목적지에 닿자 너나없이 재미난 곳을 찾아냈다. 나와 여자 선배 몇몇은 스키장 귀퉁이에 마련된 스키 강습에 열중했다. 걸음마 배우는 아기처럼 미끄러지고 구르면서도 행복감은 충만했다.

저녁이 되자 일행은 모두 숙소에 모였고 선배들은 게임으로 여흥을 이어갔다. 신입인 나는 설거지를 맡았다. 복잡한 게임보다 설거지가 훨씬 마음 편했기 때문이다. 그런 내게 한 선배가 손짓을 한다. 설거지는 두고 게임이나 하잖다. 하던 일을 마친 나는 그들의 놀이를 지켜보기로 하였다. 그때 나를 부르던 그 선배가 옆으로 다가오더니 생뚱맞게 한마디를 툭 던진다.

"저, 어떤 남성을 좋아하십니까? 혹 좋아하는 연예인 있습니까?"

뜬금없는 그의 질문에 당황했지만 그는 대선배였기에 최대한 예의를 갖추어 공손하게 답했다.

"저는 조용필을 좋아합니다만…"

그도 조용필을 좋아한다더니 의미심장한 표정으로 한마디를 더 한다.

"아마 산 같고 바다 같은 사람을 만날 겁니더!"

잔뜩 무게를 잡고 하던 그의 말은 씨가 되어, 그해 12월 우리는 부부가 되었다. 번갯불에 콩 볶듯 혼인서약을 하고 말았다. 이유는 간단했다. 연민의 눈으로 나 없으면 못 산다기에 그런 줄 믿었다. 준비도 계산도 없는 결혼이었지만 함께 하면 뭔가 특별함이 기다리고 있을 줄 알았다.

막연한 기대로 시작된 신혼은 기대만큼 달갑진 않았다. 세상만사 따지고 재는 눈이 밝았더라면 더 잘 맺어졌을 부부연이었을까? 결혼 후에도 오랫동안 그는 나의 선배였다. 집에서도 '선배님'이란 호칭 외엔 그를 부를 다른 이름을 생각해내지 못했다.

한 해가 갔고 한 아이도 태어났다. 이제 그 아이의 아버지는 아이와 키가 같아졌다. 반백에 주름진 얼굴로 자식과 아내를 산처럼 지키고 바다처럼 품으며 끔찍하게 가족을 위하는 남편을 볼 때면 자신이 뿌린 말을 씨 삼은 것이 분명하다. 그런 남편에게 드는 이 감정은 뭘까 고마움일까? 미안함일까? 어쩌면 미워하다가 들어버린 정인지도.

지난 세월 돌아보니 귀하고 소중한 것 챙기며 산 세월보다 놓치며 산 세월이 더 긴 것 같다. 잘 해 준 것보다 못해준 것들에 대한 반성도 크다. 그러나 정답 없는 삶이다. 다만 이제부터라도 좋은 말들 씨 삼고 꽃피우며 살아야 할 것 같다.

2014년 겨울, 화분에 물을 주고

식구食口

결혼은 축복과 은총이며 이해와 용서의 시간이다. 배움의 장이기도 하다. 삶이 그렇듯 예측불허의 가정사엔 오르막과 내리막이 늘 공존한다. 남남이 만나 부부가 되어 백년가약을 맺고 사는 것은 수행에 견줄 만하지 않을까. 가정을 꾸리며 알콩달콩 살지만 살다 보면 달달함만 있을 순 없다.

목 언저리까지 차오르는 화를 꾹 눌러야 할 때도 있고, 잘못 든 길 같아서 돌아서려할 때도 있다. 크고 작은 상처와 섭섭함들을 묻어야 할 때도 여러 번이고, 99도로 끓는 속을 서서히 식혀야 할 때도 숱하다.

그때마다 초발심으로 돌아갈 이유를 찾고 부족함을 찾아 채우며, 본능처럼 서로 보듬을 구실을 찾는 관계가 부부가 아닐까. 때론 서로가 무거운 짐처럼 느껴질 때도 있지만 또 다른 부분에선 없어서는 안 될 소중한 동반자가 되는 관계, 그렇게 부부는 한 식구食口가 된다.

사전은 식구를 "한 집에 살며 끼니를 같이하는 사람이다."라고 적고 있다. '끼니'에는 많은 것이 포함된다. 중요한 것은 낯선 사람이 한 식구가 될 땐 식겁食怯이 아닌 사랑과 배려가 앞서야 한다. 무성한

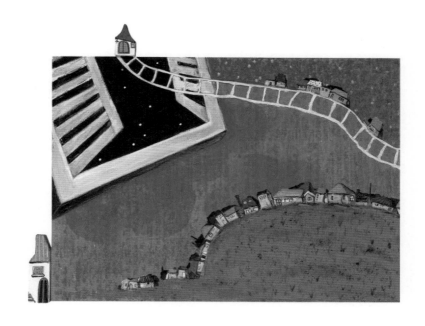

나무에 접붙인 외딴 가지 같은 새댁의 삶이 아니던가. 그러나 한 여름 무더위가 갈바람의 시원함을 절감케 하듯 새댁이 견딘 인고의 세월은 단단한 오늘의 바탕이다. 주어진 일을 겸허히 받아들일 때 성숙도 따라왔다. 오늘도 그 과정을 살고 있다.

2006년 1월, 앨범을 정리하며

당신의 시간을 위해

성당 한 켠 고요한 자리에 하얀 성모상 하나가 서 있다. 그 앞이 좋아서 종종 두 손을 모은다. 그때마다 성모님과 어머니가 오버랩 되는 이유는 뭘까. 아마도 고향이자 기둥이고 편안한 집, 그 아우라의 포개어짐 때문이리라.

세상의 시간은 시계보다 빠르다. 화가의 일상도 마찬가지. 생업과 작업, 둘 다 소홀할 수 없기에 일과를 마치고도 하다가 만 작업이 있으면 헤어지기 싫은 연인들처럼 이젤 앞에서 아침을 맞는다. 주제를 고민하고 색을 고르고 질감을 다듬는 작업. 힘겹지만 화가에게는 행복한 예술노동이다. 빠져들면 나오기 힘든 수렁 같다. 온 몸의 에너지가 소진 되어 몸살이 오면 고스란히 앓아눕는다. 끙끙 앓으면서도 누가 어깨라도 주물러 주었으면, 기운 차릴 입에 맞는 음식이라도 해주었으면 하고 속 주문만 한다.

그때마다 먼저 생각나는 사람이 어머니다. 마치 자식의 이기심이 어머니의 존재 이유인 듯 자식은 당신을 필요의 존재로 그리워한다.

몇 해 전, 어머니께서 전시장에 오셨다. 공교롭게도 당시 내 그림은 온통 무

채색. 가스통 바슐라르의 〈촛불의 미학〉을 찬미하며 촛불에 하염없이 빠져들던 그때, 어머니는 내 그림을 잠깐만 보고 마셨다. 어두운 느낌이 싫었던지 전시장을 다녀가신 후 그림 바꾸라는 주문을 노래처럼 하셨다. 밝고 화사하고 예쁜 그림만 그리라고.

그러나 단번에 바꿀 수는 없었다. 아니 그렇게 되지 않았다. 예술이 본래 그런 거라며 밤을 새워 고민하던 내면의 소리에만 더욱 충실했다. 그러던 어느 날, 어머니의 바람처럼 그림이 밝아졌다. 우연이든 필연이든 밝아진 그림을 어머니께 먼저 보여드리고 싶어서 팜플릿을 들고 달려갔다.

세월은 젊음만 가져간 듯 팔순 노모에게는 슬픈 흔적들만 잔뜩 남겨 놓고 있었다. 희끗한 머리카락과 검버섯에 수지침 자국들. 그것도 모자라 손수 수의壽衣까지 마련해 놓으셨다. 비장한 각오라도 하신 걸까. 늘 '집'이던 어머니가 '짐'이 될까봐 걱정하시다니. 울컥한 마음을 애써 숨기며 밝아진 팜플릿을 두 손으로 내밀었다. "엄마! 어때요? 좋아졌지요? 헤헤…" 나는 어린아이 처럼 종알거렸다. "그래! 이제 좀 고와졌네." 그러나 당신의 미소 뒤에 따라온 한 마디는 "더 밝았으면…"이었다.

자식의 삶이 편하고 행복하고 밝았으면 하는 마음은 어느 부모나 같지 않을까. 예술이 무엇인지 잘은 모르지만 작품이 곧 작가의 삶과 닮는다고 믿는 어머니. 그동안 어두웠던 작품의 여운을 안고 얼마나 속 태우셨을까. 그러나 작품이 어둡다고 삶이 무겁지 않았고 오히려 희망찼던 이유는 어머니가 계셨기 때문이라고 감히 말씀 드린다.

꿈을 찾아가던 고단한 길에서 한결같이 내 편이 되어주신 어머니가 계셨기에 나의 삶은 희망의 씨앗, 꽃 피는 화분이었다. 스물 네 시간을 쪼개고 나누며 살 수 있었던 것도 가정과 학교 그리고 작업에 열중할 수 있었던 것 모두 당신의 극진한 응원 덕분이다.

그러나 비정한 나는 그 어느 곳에도 어머니의 시간과 공간을 따로 마련해 두지 못했다. 예술가는 바쁘고 가난함을 진리처럼 여겨야 한다며 성실하니 보람되다 둘러대곤 했었다. 내 삶의 보람과 기쁨이 어머니의 기쁨인 줄만 알았다. 자식에게 평생을 다 바친 당신의 긴긴 인내쯤은 당연하다 여겼고 "너희만 잘 살면 된다. 너희만 행복하면 된다."는 입버릇처럼 반복하신 말씀 그대로 믿었다. 이토록 이기적인 딸을 하염없이 지켜봐주신 당신의 자식바라기를 내 마음대로 믿고 살았다.

한때는 예쁜 소녀였고, 또 한때는 아름다운 숙녀였을 여자 사람 당신! 그러나 자식에겐 큰 나무, 넓은 하늘, 깊은 바다였던 어머니. 세월이 남긴 당신의 선명한 주름과 늘어난 백발이 아리다. 당신의 시간을 다 가져다 쓰고서도 비정하게 자식은 묵인하며 산 셈이다. 이런 자식에게 짐 되지 않으려 몰래 떠날 준비를 하시는 당신의 시간이 조급하다. 이제부터라도 화가인 자식은 어머니를 위한 붓질을 해야 할 것 같다.

당신의 소중한 시간을 돌려 줄 구실을 화가는 붓으로 찾는다. 때 늦은 소심한 방법일지도 모르겠다. 그래도 그래야만 될 것 같다. 그래서 나는 더욱 밝고 화사한 물감을 푼다. 당신의 시간을 위해.

참 소중한 당신 소중함이 깃든 뜨락, 2015년 6월호

집짓기

바람이 불던 날이었어요. 집을 지었지요. 흔들리는 나뭇가지가 바람 때문인지 마음 때문인지 알 수 없지만 흔들리는 가지처럼 내 마음 떨렸어요. 있다가도 없고 사라졌나 돌아보면 다시 나타나던 바람. 그 바람 불던 날 집을 지었답니다.

지붕 위 까만 하늘엔 둥근 달을 걸었어요. 벽엔 문 달고 등도 달고 사다리도 놓았지요. 계절 드나들도록 창문도 달았지요. 둥근 창문 열었더니 해동비가 내리네요. 봄비 맞은 가슴이 푸른 초원의 풀꽃으로 피어나요. 수줍은 두 볼은 복사꽃으로 물들고요. 문살 사이로 햇살이 드니 지난 가을에 숨겼던 단풍잎이 곱게 웃어 주네요.

청명한 하늘가에 솜털구름 모아 하얀 무명이불보 씌우고 무지개색실로 꿈 자수 놓던 집. 눈 내리면 한 뼘 다락방에 코 닿을 듯 모여 앉아 키다리 사다리가 전해주던 하늘소식 듣던 집. 천장 중간 쯤에 단 고깔 외등이 저문 하루를 밝히면 거울도 등불 따라 환하게 웃어 주던 집. 그런 집을 지었답니다.

어느 날 그 집에 세찬 폭풍이 몰아쳤죠. 집이 흔들리고 등불이 몸을 가누어요. 거울도 불빛을 따라 몸을 휘청거려요. 내 마음 동동거리다가 지천에 깔린 돌무덤 보았어요. 큰 돌 작은 돌들 잔뜩 모아 바

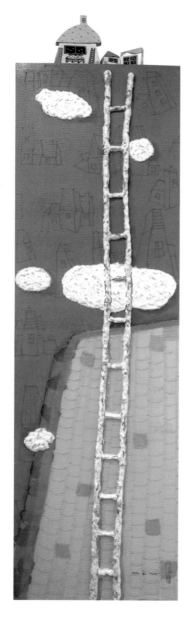

람막이 쌓았지요. 빈틈마다 집착으로 메웠고요. 담이 내 키보다 크고 집보다 높네요. 높고 큰 담장이 폭풍을 막아요. 그런데 어쩌죠? 고깔 외등이 담장 속에 갇혀버렸네요.

사방이 어두워요. 나는 불빛을 찾아 집 언저리를 서성거리지만 차가운 돌담은 그저 묵묵부답입니다. 여러 날이 갔어요. 뒤척이다가 선잠 들던 밤 창문 두드리는 소리에 잠이 깼어요. 모습 없는 바람이 소리만 두고 갔네요.

"힘을 내요. 높은 담은 허물고요. 집착도 버려요. 등불을 다시 켜요. 희망 나무도 심으셔요."

보이지 않지만 없다고 할 수 없는 흔적들이 궁핍한 영혼과 아픈 가슴에 메아리로 오네요. 지친 가슴을 위로하며 기운을 차렸지요. 돌담 허문 곳에 희망나무를 심었지요. 그 나무 자라더니 열매 맺고 그늘도 만드네요.

나무 그늘 아래서 지친 몸들이

쉬어가요. 다람쥐 새들 와서 열매를 따먹네요. 어느 날 폭풍이 또 왔지요. 든든한 나무가 폭풍을 가릅니다. 매섭던 비바람은 순식간에 실바람 되었지요. 무수한 바람을 맞고 보내는 나무는 한결같아요. 우직하고 담대해요. 묵묵히 그 자리에서 집을 지키지요. 바람이 와도 잡지 않고 놓지도 않아요. 그저 하늘 향해 두 팔 벌려 있는 그대로 품을 뿐입니다.

뿌리 내린 나무는 바람 불어도 괜찮은데 내 마음은 바람 불면 자꾸만 떨려요. 이 떨림은 뭘까요? 생명의 증거일까요? 가끔은 아프고 때로는 슬프면서 살아내는 삶일까요? 떨리고 설레고 기쁘고 아프니까 삶일까요? 달처럼 빈 가슴 채우고 채운 가슴 비워내면 성숙이 올까요? 가벼움은 언제쯤, 어디쯤에 있을까요?

채우고 비우기를 수백 번. 짓고 부수기를 수만 번. 나는 오늘도 그런 집을 짓습니다. 숙명적인 고독을 즐기며 고독 속에 침잠합니다. 심연 저 깊은 곳에서 내면의 눈을 뜨기 위한 몸부림으로 또 한 채 집을 짓습니다.

2014년 3월, 작업 중

A. M 11시

　해 지면 그 해가 다시 오르지 않을까봐 창문 열고 지켰다던 원시인들은 알까요? 오늘도 이 별엔 오전 11시가 찾아왔다는 것을. 창공은 뻗어가는 나뭇가지에게 길을 내어주고 무한 시공은 막힌 숨을 터줍니다. 가슴 한 켠에서 날개짓하던 자유가 더 선명해지는 시간. 찬 겨울아침 햇살 아래 피어나는 어린 떡잎처럼, 푸른 하늘 가득히 수놓던 은하수처럼, 양 볼에 햇살 와 닿으면 상기된 심신 가다듬으며 파레트에 잔뜩 물감을 푸는 시간입니다.

　이슬 맺힌 창가에 75도로 햇볕 내려오면 습하던 영혼의 곳간을 가슬하게 말려놓고 눅눅해진 집안엔 훈기를 채웁니다. 남은 볕으로 그늘진 곳 찾아 비춰주고 볕 자락 좀 남았으면 언 가슴을 녹입니다. 베란다 양지쪽에 놓아둔 화분에 물도 주고, 그 곁에 앉아 글을 쓰고 그림을 그리고 빨래를 갭니다.

　알 수 없는 기다림에는 설렘의 결이 일고 아물거리며 피어오르는 아지랑이 잦아듭니다. 나는 혼자지만 천지가 나를 위해 존재하는 것만 같은 시간. 약간의 긴장을 점검하며 정오를 기다립니다. 매일이 넘치지도 모자라지도 않는 오전 11시만 같았으면.

2010년 12월, 빨래를 널고

새벽에 눈뜨는 집

　여느 주부들처럼 눈을 뜨면 부엌부터 간다. 식사준비를 해야 하기 때문이다. 오늘은 부엌으로 가던 발길이 작품 앞에서 멈추었다. 아예 그림 앞에 퍼질러 앉고 말았다. 간밤에 칠해놓은 캔버스 위의 색감이 마음에 걸려서이다.

　물감을 풀고 붓을 들어 색을 고치고 나니 조금 낫다. 사전에 작업 구상을 충분히 했어도 순간의 직관이 작품 전체 이미지를 가름하는 것을 어떤 논리로 설명할 수 있을까. 불현듯 먹잇감을 향해 돌진하는 매의 눈빛처럼 번뜩이는 아이디어와 감각이 붓을 타고 캔버스로 옮겨 온다. 방법은 달라도 많은 작가들이 이러지 않을까.

　요즘 내 작업실은 우리 집 거실이다. 주제는 집(Home & House) 이다. 하여 스스로를 집家에서 집 작업하는 집 작가作家라 이름 붙였다. 평상복과 잠옷이 따로 없는 삶이 작업인 작가. 집에서 하는 작업은 살면서 구상하고 삶을 그리게 한다.

　미세한 먼지처럼 디테일한 삶의 면면들이 집에 담겨진다. 희망의 시작이자 절망의 끝점들이 마구 뒤엉키다가 형과 색으로 걸러진다. 이런 집은 삶과 밀착된 작업의 텍스트라 할만하다. '집'은 곧 사람이자 사람들의 이야기가 된다.

집에서 작업하다보면 생활과 작업 사이에서 오는 갈등도 만만치 않다. 몸과 마음이 따로 놀거나 발끝에 걸리는 화구들 때문에 가족의 불편함과 마주할 때도 많다. 스스로에게 철저하지 못하면 신경이 어지럽고 긴장의 끈도 놓게 된다. 즐기지 못하면 쉬이 지친다. 오늘도 그랬다. 그런 나를 남편이 등 뒤에서 말린다.

"자네! 매너리즘mannerism을 생각하는가?"

나는 "시어머니즘의 반대말인가요?"하고 잘라 말했더니 어이없다는 듯 웃는 남편. 그는 종종 하던 작업을 잠시 멈추라고 조언 한다. 관조하고 관망하고 여유를 찾으라고도 한다. 품평을 해주고 충고도 가끔 한다. 이런 관심과 배려가 헌신적인 직무이행처럼 다가올 때도 있다.

이런 집에서 하는 작업은 자주 매너리즘을 상기시키고 소소한 삶과도 진한 대화를 하게 한다. 남 눈의 티끌처럼 다른 작품에선 잘 보이던 것들도 내 작품에서는 못 볼 때도 많다. 그러나 무언가 초조하고 허둥대는 삶에서 마음 조여 오다가도 집에만 오면 안정이 찾아온다. 때론 피안을 펼쳐주고 영원으로도 안내한다. 삶의 거처居處이자 주거공간住居空間이고 안식처安息處이자 보금자리이기 때문일까. 내가 품은 세상은 작아도 찰라와 영원이 함께 숨쉬는 소중한 이 집에서 내일도 삶의 문답을 쉬지 않으리.

2009년 3월, 작업중

주말 풍경

쉼과 여유야말로 주말의 다른 이름이지 않을까. 신혼시절 학생 신분이었던 우리 부부는 오붓할 시간이 부족했다. 분가한 세월도 꽤 흘렀지만 습관처럼 따로국밥일 때가 있다. 자구책은 주말마다 함께 집 앞 야산에 오르는 것이다. 앞서거니 뒤서거니 길잡이하는 남편과 함께 가면 난코스도 별 문제없다.

주말만큼은 각자의 일을 잠시 미루기로 한다. 대신 함께 사찰이나 산과 들 또는 시골 장을 찾곤 한다. 향수를 느낄 수 있는 시골 장 쇼핑은 지루할 겨를이 없다. 마침 현풍장날, 남편 차에선 고정메뉴나 다름없는 파바로티와 성철스님의 법문을 번갈아 들으며 네 개의 터널을 지났다. 새로 뚫린 터널 덕분에 현풍에 닿는 시간이 전보다 단축되었다.

현풍읍에 도착하니 장이 벌써 길게 늘어섰다. 시장 둘레를 돌았지만 시장 안 어느 곳에도 주차할 곳이 없다. 분주한 상인들 틈을 빠져나와 마을 두 바퀴를 돌아 겨우 찾아낸 빈 터는 동네 어귀 다리 곁. 길모퉁이에 주차하고 시장으로 가니 토속적인 것들이 즐비하다. 대박, 튀김, 떡, 목기, 묘목, 공구, 잡곡, 야채에 저렴한 의류까지. 강한 햇볕이 시장의 물건들을 선명하게 조명한다.

우리는 장 안으로 들어가 어물전부터 들렀다. 통통한 동태 세 마리에 미더덕 한 봉지, 싱싱한 물미역과 통통한 생굴도 조금 샀다. 덤으로 얻은 물미역 봉지를 들고 나오다가 손수레 위에 소복하던 토종생강도 조금 샀다. 알록달록한 마스크도 가족 수만큼 사고 나니 같은 값이어도 왠지 푸짐한 느낌이다. 비루하지 않은 동족간의 교감이 오간다. 이 맛에 시골 장에 오고 또 오는지도 모르겠다.

집으로 와 생강에다 대추를 넣고 푹 달였다. 집안 유리문마다 생강달인 김이 서려 희뿌옇다 못해 작은 물방울이 가득하다. 온 집안이 생강 향으로 범벅이더니 옆집 할머니 코에까지 가 닿은 모양이다. 할머니와 나누어 먹을 만큼이어서 다행이다. 저녁엔 소찬을 얹은 조촐한 밥상을 차렸다. 굴 무침과 미더덕 된장찌개를 올린 상이 임금님 수라상 부럽잖다. 밥상을 물리고 온 가족이 둘러앉아 생강차를 마시는 저녁, 딱 요만큼의 하루에 감사하다.

2015년 11월, 저녁

여유를 찾아

　복습은 다 했지? 준비물 확인하고, 영어 녹음 들으면서 밥 먹기. 편식은 No, 꼭꼭 씹기, 주스 마시고, 비타민도 한 알, 지퍼 올리고, 신발주머니 챙기고, 학교로 곧장 가기, 찻길 조심하고, 친구들과 사이좋게, 수업에 집중하고, 궁금한 건 질문하기, 상대방의 말 경청하고, 화 날 땐 한 번 더 생각해보기, 인사는 반갑게, 대답은 크게, 약속은 꼭 지키고, 질서도 지키고, 양보하기, 혼자서 화장실 가기 등.

　여덟 살이 겨우 된 아이에게 매일 아침마다 반복 하는 말이다. '물고기 한 마리를 잡아주면 한 끼를 배불릴 수 있지만 잡는 법을 가르쳐주면 일생을 살 수 있다'는 속담의 의미도 차후에 생각하기로 한다. 학습적인 측면과 기본생활 길들이기에서부터 올바른 식습관까지, 학교 적응과 초석을 다진다는 차원에 큰 의미를 두는 엄마가 되어간다. 아이가 어른이 되기까지 삼천 번은 넘어졌다 일어나야 한다는데 초보엄마는 자꾸 초조하기만 하다. 아침마다 습관처럼 해대는 잔소리가 아이에게는 가혹한 주문인지 판단할 겨를도 없을 만큼.

　"My sun! Get up early in the morning. Wash your face and change cloth. Hurry up. You will be late school. Take care of you."

　정확한 표현인지도 모르겠다. 자연스럽게 영어에 노출되길 바라는 엄마의 욕심이 엉성한 지껄임으로 이어진다. 병아리가 알을 깨고 세상에 나올 때 어미 닭은 새끼가 혼자 껍질 깨는 것을 보고서야 부화를 돕는다는데, 기다림의 미덕도 뒤로 둔다. 지각할새라 서둘러 엘리베이터까지 아이를 배웅하면 엄마의 아침 임무는 다한 셈. 그렇게 아이는 학교에 가고 엄마는 집에 남는다.

식탁에 앉아 먹다 남은 밥을 마저 먹는다. 최근엔 지인이 선물로 준 식기세척기 덕분에 설거지에 대한 부담은 조금 줄었다. 색을 분리해 빨래를 돌리고 흩어진 물건들은 제자리를 찾아준다. 코스대로 진행하는 집안 일은 이제 능숙하고 완숙하다. 바닥만 밀면 드디어 휴식이다. 아이가 어렸을 땐 더 간절했던 시간.

이제 작업을 하자! 수업 준비부터 할까? 아귀가 아프도록 친구와 수다나 떨까? 욕심인지 해야 할 일들이 많아서인지, 끈에 묶였던 낙타가 끈이 풀렸는데도 묶였던 기억 때문에 출발하지 못하는 것처럼 응고된 몸이 고정상태다. 뭔가를 해내야 한다는 마음이지만 풀린 나사처럼 소파에 기댄 몸은 멀뚱히 눈길만 내보낸다. 시선을 따라든 자연이 살짝 귀뜸을 한다. 쉬어가라고. 팽팽한 계획도 극성맞은 엄마도 잠시 내려놓으라고 하는 것 같다.

찻잔에 가라앉은 여유를 저어 마시며 극성맞은 엄마를 내려놓는다. 주부와 일, 모두를 놓고 그 누구도 자유를 방해하지 못하도록 헐렁한 자신을 세상과 격리시킨다. 내일은 그윽한 차향과 고혹적인 클래식에 젖는 여유에 도전하리라. 비로소 내가 어디에 있는지 선명하게 보일만큼 텅 비워보리라.

2005년 4월 18일, 새벽

초보 엄마의 숙제

아이에게 아침운동을 권했더니 식욕이 좋아졌다. 기분도 한결 나아 보인다. 학교에 간 이후로 예전 같지 않은 일상이다. 숙제와 시험에 학원학습까지. 새로운 환경에 적응해가는 아이가 기특하면서도 안쓰럽다. 주입식 교육에 내몰지 않으리라 했던 결심은 큰 용기를 요하고 서서히 백기를 드는 중이다. 아이가 휴일만큼은 여유롭길 바랐다. 그렇다고 종일 놀릴 수만 없어 생각 끝에 한 시간만 주일학교에 보내기로 했다. 아이의 동의를 얻어 성당 주일학교로 데려다 준 날이다.

아이는 천당과 지옥 얘기를 들었던 모양이다. 뜬금없이 천당에 1분만 가보았으면 좋겠다고 말한다. 아이의 강한 호기심이 살짝 걱정되어 천당은 우리 곁에도 있다고 하고 말았다. 베풂과 배려, 이해와 사랑이 있는 곳이 천당과 같은 곳일 거라고. 납득이 됐는지 아이는 진지하게 한마디를 더 한다. "모든 사람은 평등해요." 그 말 앞에서 내 귀가 커진다. "이 세상의 모든 엄마는 하느님 같아요."라고 하던 말을 듣는 순간 정신이 번쩍 난다.

주입식과 암기식 결과 위주의 학습보다 사고와 사유를 이끌어내는 교육이 절실한 요즘, 교육의 방식뿐만 아니라 멘토의 가치관과 지향

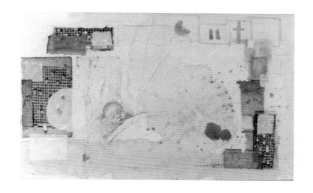

점도 중요하다. 유년기의 직·간접적 경험을 실감하며 세상 모든 아이가 '공부'라는 스트레스에서 벗어나길 바란다면 유별나고 할까? 삶을 입체적으로 조명하고 인간의 존엄과 생명의 존귀를 일깨워주는 교육은 인성을 긍정적으로 방향 잡아준다는 강한 믿음을 점검한다.

아이 눈엔 엄마가 하느님 같겠지만 엄마도 매 순간 노력하는 과정을 살 뿐이다. 아이가 무얼 할 때마다 설레고 긴장되는 초보 엄마는 다양한 성장을 도모하는 것이다. 내일도 그럴 것이다. 태어나면서부터 엄마 아빠인 사람은 아무도 없었기에 초보 엄마는 오늘도 숙제처럼 아이를 위한 성장을 도모한다.

2005년, 건담 조각을 찾은 날

모자母字 이야기

　마음은 천근이고 몸은 만근 쯤 되던 날, 종일 침대만 등지고 누웠다. 정오가 되자 사람도 없는 부엌에서 인기척이 난다. 곧 쇠고기 스프 한 그릇이 침대 위로 올라왔다. 가스 불을 겁내던 초등학교 2학년 아들이 엄마가 신경쓸까봐 조용히 끓여 들여온 것이다.

"어머니! 좀 어떠세요? 이것 좀 드세요."

"이게 뭐니?"

"스프예요."

"아니, 이걸 어떻게 끓였어?"

"설명서대로 했어요."

"어때요, 맛?"

"음, 맛있다!"

"드시고 힘내세요."

"그래, 흑흑!…"

　아이가 세상에서 처음 한 요리, 사랑의 밥상이다. 서툴지만 따뜻한 맛이 천하일품天下一品이다. 산해진미가 이보다 나을까. 감동의 도가니탕이다. '잘못 자라진 않았구나!' 혼잣말을 하고 어린 자식에게 처음 받는 밥상 앞에서 눈물로 좀 짜진 스프를 떴다. 그 상 받고서 엄마는 더 누워있지 못했다.

　22개월이던 여름 어느 날, 종일 땀 흘려 밑칠해 놓은 백호 캔버스에 물감을 뿌려대던 아이. 한나절 햇볕아래 촬영한 작품필름 두 통을 줄줄이 당기며 놀던 아이. 1학년이던 어느 날, 신발주머니에 시든 맥문동 한 포기 담아 와선 "어머니가 이 산삼을 달여 먹으면 건강해질 겁니다."하던 아이다.

　일곱 살이던 어느 여름밤 온 가족이 손잡고 산책을 하는데 갑자기 "저기 저 하늘 좀 보세요. 별이 참 아름답지 않나요?" 하던 아이. '설렘'을 사오라고 보냈더니 '망설임'을 찾고 숟가락 맨 밑바닥에 숨긴 김치 조각은 반드시 찾아내던 아이였다.

　아무리 생각해도 이 아이의 엄마라는 사실이 고맙고 기쁘고 행복하고 감사하다. 그 무엇과도 바꿀 수 없는 하늘이 맺어준 인연, 모자母字지간은 사랑과 감사와 은혜의 관계다. 한순간 반짝였다 지는 별이 아닌 오래도록 은은함을 유지하는 사랑. 그 사랑에는 잴 수 없는 믿음이 있고, 그 믿음은 돌고 돌아 회귀하고 부활한다. 부모와 자식만이 느낄 수 있는 회귀의 믿음과 사랑과 은혜, 거기에 네가 있다. 그런 너를 기록할 수 있어 행복하다.

2006년 2월, 유리창을 닦고

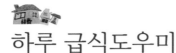

하루 급식도우미

아이 학교에 급식도우미를 하고 왔다. 바쁘다는 핑계로 고학년이
되고서야 하게 된 도우미다. 미안함과 설렘이 반반. 담당 선생님의
엄격한 위생관리 하에 가운과 앞치마, 수건과 신발을 갈아 신었다.
여학생 식사코너로 가니 전교생이 식당 안으로 와르르 몰려들었다.
배고픈 어린 양들이 줄지어 밥을 받는다. 생김새만큼이나 식성도 다
양하다.

치와와처럼 큰 눈인 아이는 떡갈비만 달라고 한다. 단발머리 찰랑
대던 얼굴이 뽀얀 여자아이는 미역국을 미리 더 주문한다. 김치를 싫
어하는 아이, 오징어를 싫어하는 아이, 떡국을 좋아하는 아이, 떡갈
비를 좋아하는 아이 등, 다른 식성만큼이나 요구사항도 제 각각이
다. 음식 한 입 물고 오물거리는 아이들 입이 대책도 없이 귀엽다. 논
에 물 들어가는 것과 자식 입에 밥 들어가는 것만큼 행복한 일이 없
다고 하시던 어머니 말씀이 생각났다.

모든 아이들의 엄마라도 된 듯한 시간. 과한 인심으로 이내 준비한
밥과 국이 바닥을 드러냈다. 눈치를 챈 상급생 한 아이가 빈 반찬통
을 들고 가더니 가득 채워다 준다. 식판 드는 모습이 좀 엉성한 아이
가 바닥에 수저를 떨어뜨렸다. 옆에 섰던 키 큰 아이가 말없이 주워

준다. 무슨 얘기를 하는 건지 그들은 쉬지 않고 도란도란 까르르 냠냠 짭짭댄다. 그렇게 분주하던 식사시간이 끝나고 아이들 모두 교실로 돌아갔다. 몇몇 선생님들만 조용히 남아 뒷정리를 하신다.

사실 급식도우미는 큰 결심이었다. 바쁜 시간 짬을 내 봉사하겠다는 어미의 다짐이기도 했다. 내 아이에게 밥 한번 직접 퍼주고 싶다는 지극히 이기적인 모성이 더 솔직한 고백이다. 그렇게 온 학교식당에서 하늘의 식사를 생각한다. 정해진 시간에 제 키보 다 큰 숟가락으로 서로에게 떠먹여주던 천국과, 먼저 먹으려다 아수라장만 된 지옥의 식사시간 얘기. 세상에 천국과 닮은 곳이 있다면 바로 학교가 아닐까 할 정도로 아이들의 기운은 맑고 밝고 예뻤다. 다양한 개성과 꿈들이 성장하는 학교에서 어른과 부모인 나의 책무를 재점검한 하루다.

2008년 4월 17일, 학교에서

불면의 시간

아이를 품에서 밀어낸 후부터 지속된 불면이다. 12살이 되면 따로 자기로 약속했는데 아이의 숨소리가 곁에 없으니 오히려 내가 잠을 못 이룬다. 그 누구도 수면을 방해하진 않지만 잠 못 이루는 중이다. 보이마마가 된 걸까?

내게 파워포인트를 가르쳐주며 폭풍성장 중인 40Kg의 아이. 어느 날은 TV에서 〈Miss mam〉에 관한 프로그램을 보았다며 "나는 부모님 없인 못살아요."라고 한다. 딱 꼬집어 댈 이유는 말 못해도 부모님은 반드시 자기 곁에 있어야만 한다던 아이. 자식은 그렇게 부모를 부모자리에 단단히 세운다. 특별할 것 하나 없어도 자식은 부모에게 처음이자 중간이고 마지막이자 당연함이다. 자연의 이치이자 순리처럼 부모의 중심을 지켜주는 막강한 기둥이 자식이다.

어머니 팔순 잔치 날 온 가족이 한 자리에 모였다. 정년퇴직을 앞둔 큰오빠부터 초등학교 2학년인 막내 조카까지 3대가 모인 거실이 비좁다. 간만에 시끌벅적한 집안이 가족의 온기로 훈훈하다. 당신의 자손들을 그윽한 눈빛으로 바라보시던 어머니의 미소가 그 어느 때 보다도 행복해 보이던 날. 평생 자식들에게 극진한 정성주신 어머니도, 남겨질 자식들이 눈에 밟혀 하늘로 가시던 길 늦추시던 아버

지도 이젠 마음 편안하시리라. 진자리 마른자리 갈아 뉘시며 자식들 생각에 잠 못 이루었을 내 부모님처럼 나도 아이를 그렇게 사랑하는 것이려니.

　이제야 조금은 알 것 같다. 부모는 자식의 지지대이고 자식은 부모의 삶이란 것을. 이 불면도 그와 같은 사랑의 다른 모습이겠지. 그러나 지나침은 모자람만 못하다는 말 새기며 잠을 청한다.

2008년 1월 27일 새벽 5시, 별 스티커 아래서

유행가 같이

요즘 새로 생긴 습관 하나는 라디오 켜기다. 고요함을 즐겼는데 라디오를 켜놓는 횟수가 잦아졌다. 설거지를 할 때 남편이 켜준 후부터다. 손과 가까운 거리가 무색할 만큼 오랫동안 눈길 한 번 주지 않았으니 라디오가 사람이었다면 무척 외로웠겠다. 이젠 그 라디오가 들려주는 유행가를 들으려 부엌에 가면 라디오부터 켜놓는다.

빠른 리듬은 흥을 돋우고 잔잔한 음률엔 심신이 평화롭다. 카타르시스나 대리만족이란 매력 때문에 대중도 높은 점수를 주는 것이겠지. 다양한 멜로디와 가사에 공감이 가는 것은 나도 같은 별나라 사람이기 때문이다. 우린 서로 달라도 한 세상 더불어 살아가는 동행이기에. 시 같고 수필 같은 가사에 감정이입하는 것이 자연스럽다.

"사랑하는 사람의 그 정성 알지 못하면 그 사람의 사랑은 받을 수 없답니다. 기도하는 사람의 그 진실 알지 못하면 그 사람의 축복은 받을 수 없답니다.…"

김태정 <기도하는 마음> 중

"…바람처럼 왔다가 이슬처럼 갈 순 없잖아. 내가 산 흔적일랑 남겨둬야지 한줄기 연기처럼 가뭇없이 사라져도 빛나는 불꽃으로 타올라야지…"

조용필 <킬리만자로의 표범> 중

가사에 몰입하다보면 다채로운 일상과 익어가는 인생을 동시에 느낀다. 그러나 삶의 순간은 그 누구도 예측할 수가 없다. 사랑을 주고받고 상심도 오간다. 누군가를 있는 그대로 봐주지 않을 때, 모략하거나 배신하고 질투할 때, 거짓을 과장하고 진실을 은폐하거나 격 낮은 언행으로 인격을 깎아내릴 때, 우리의 마음은 한 없이 상처받고 겹겹이 움츠러든다.

남편이 애초 라디오를 켜준 이유를 추측하건대, 아취雅趣를 갖게 하려는 배려지 싶다. 음악도 모르고 여유도 없이 틀에 박힌 꽁생원 아내가 될까봐 좀 더 풍치 있고 멋스럽고 운치 있는 사람으로 거듭나게 하려고 한 배려였지 싶다. 네모난 집, 네모난 강의실, 네모난 작업실과 네모난 방에서 각진 사유와 시각을 강요받아온 삶을 돌아보라는 충고였으리라.

"먼 옛날 어느 별에서 내가 세상에 나올 때 사랑을 주고 오라는 작은 음성 하나 들었지. 사랑을 할 때만 피는 꽃 백만송이 피워 오라는 진실한 사랑을 할 때만 피어나는 사랑의 장미. 미워하는 미워하는 미워하는 마음없이 아낌없이 아낌없이 사랑을 주기만 할 때 수 백만송이 백만송이 백만송이 꽃은 피고 그립고 아름다운 내 별나라로 갈 수 있다네 …"   심수봉 <백만송이 장미> 중

들을수록 편하다. 좌충우돌 부딪히며 상처 내던 각진 마음이 마모되고 동그래지는 것 같다. 오늘도 유행가를 들으며 둥근 별의 완연한 일원이 되기 위해 나는 한 걸음 두 걸음 다가선다. 유행가 같은 세상살이 한 가운데로.

2015년 12월, <기도하는 마음>을 듣고

살다보면 지우고 싶은 인연도 있지만 두고 떠올리며 그와의 추억을 기억하고 싶은 인연도 있다. 가꿀수록 애착이 가고 아름다워지는 인연도 있다. 좋은 인연은 서로에게 살아갈 힘이 된다. 그건 분명 축복이다.
                                                          － '좋은 인연' 중

좋은 인연

　살다보면 지우고 싶은 인연도 있지만 두고두고 떠올리며 그와의 추억을 기억하고 싶은 인연도 있다. 가꿀수록 애착이 가고 아름다워지는 인연도 있다. 서로에게 살아갈 힘이 되는 인연은 분명 은총이고 축복이다. 누구보다 인연을 소중하게 여기던 그녀를 만난 것은 몇 해전이다. 예순이란 나이를 알아채지 못할 만큼 여린 감성과 고운 마음씨를 지닌 그녀와 함께 한 시간은 겨우 한 학기. 그 짧은 만남이 내겐 길고 짙은 추억 빛으로 물들었다.

　어느 날 그녀가 학교를 떠났다. 사실 종강 후 다음 학기부터 함께할 수업이 없었기에 잘 지내려니 짐작만 하고 살았다. 몇 해가 지난후 받은 소식은 직접 유기농법으로 재배한 농작물 상자와 함께였다. 늦게 시작한 학업을 중단하고 퇴직한 남편과 함께 귀농한 것이 벌써 2년째라고 한다. 그 후 철마다 보내주던 야채 상자엔 그녀의 마음씨를 닮은 고운 손 편지가 어김없이 동봉되어 있었다. 그녀의 소소하고 부지런한 삶이 담긴 글과 스케치를 받을 때면 나도 그녀 곁인 것만 같아 행복하곤 했다. 그의 편지는 늘 겸손과 행복과 낮은 삶이 주는 평화를 가득 품고 있었다. 행복은 물질이 아니라 따뜻한 눈길과 그 눈길로 세상을 보는 마음임을 알게 해준 편지. 나는 서연숙 씨가 보내준 스케치를 아껴가며 보곤 한다.

"땅위에는 귀뚜라미 업어오고 하늘에는 뭉게구름 옵니다. 무더웠던 여름날을 보내드리고 가을기운이 자리를 잡는 때입니다. 가물 때도 기운을 자랑하던 풀님이 기운을 잃고 농사일에 일등공신 호미님도 잘 씻어 걸어 쉬어도 되는 때, 들판의 곡식들은 오밀조밀 이삭을 만들어 수줍은 고개 빼꼼 내밀고, 솔솔 지나던 바람님도 미풍이 됩니다. 산과 어우러진 마을 언덕 위 황토밭에는 소여물을 다시 갈기 위해 트렉터의 분주함이 한결 여유롭습니다. 농가 앞마당 에 빨갛게 반짝이는 고추방석, 바둑이도 기분이 으쓱하고 다가올 중추절을 맞기 위해 작은 것부터 정리하고 밭작물 참깨를 털기 위해 온 가족이 분주합니다. 월동준비 작물을 심기위해 포토에 배추모를 키우는 집집마다 주어지는 삶에 최선을 다하여 준비하는 소박한 인심들. 미리 정리하고 준비하는 마음에서 이 계절이 우리에게 가르쳐주는 교훈! 깊은 뜻을 체험하게 됩니다."

서연숙씨의 '편지' 중에서

그녀는 나를 아직도 '교수님 교수님!'하며 깍듯하게 불러준다. 그 어감이 내 귀엔 '어서 좋은 교수님 되세요.'라는 격려문처럼 들린다. 그런 그녀에게서 진실한 삶과 사랑과 인정人情을 배운다. 서연숙 씨처럼 마음씨 고운 분을 앞으로 또 만날 수 있을까. 올해도 그녀의 부지런하고 따뜻한 손길 받고 자란 농작물이 대풍이길 빈다.

2016년 1월, 베튜니아 핀 날

동기(길후) 작가

　성당에서 돌아오니 새 소식이 먼저 와 있었다. 김동기(길후) 작가의 개인전 소식이다. 작가는 나와 10여 년 전 함께 조교를 한 같은 과 선배이다. 전시를 할 때마다 소식을 주는 그의 나이는 벌써 지천명. 잇몸이 다 드러나 보일만큼 큰 미소로 우리 부부의 만남을 주선한 가교 같은 존재이다. 하여 남편과 나는 그를 잊지 못한다.

　나의 유년기는 무탈했고 활달했다. 온 가족의 사랑 속에 밝고 건강했으며 꿈 많은 소녀로 성장했다. 그러나 대학 졸업 무렵엔 뜻밖의 난관이 찾아왔다. 가족을 위해 쉴 새 없이 달려오신 아버지가 말기 암 진단 6개월 만에 삶의 경계를 넘었고, 어머니마저 그 충격으로 힘들어하던 때, 한 순간도 부모님의 도움 없이 살 수 없던 나의 슬픔은 말로 다할 수 없었다. 그러나 곧이어 날아든 낭보에 힘을 냈다. 단대 전체 수석 졸업장은 아버지의 빈자리를 채워줄 만큼은 아니었지만 꿈을 이어갈 새로운 방도가 되었다. 내심 기뻤으나 순탄하지만은 않았다. 수석 입학을 한다 해도 한 학기가 끝난 다음 학기부터는 장학금 혜택을 받을 수 없다는 전갈이다. 문제였다. 미래를 헤쳐나갈 길이 막막했고 대책은 없었다.

　그때 내 앞에 나타나 방책을 일러준 이가 바로 동기(길후) 선배다.

선배는 평소 성실한 후배들을 곧잘 챙겨주곤 하였는데 그날도 어김
없었다. 나의 대학원 입학을 독려하며 학업과 겸할 수 있는 일자리를
안내해준다.

"너라면 잘 해 낼 수 있을 거다. 도전해 보는 게 어때!" 하며 원서
대금 5만원까지 챙겨준 선배. 꺼져가던 내게 용기를 심어주던 선배의
목소는 지금도 생생하다. 희망 찼고 결연한 의지를 다지기에 충분했
다. 나는 선배의 힘찬 격려로 원서를 냈고 조교를 겸하며 학업을 이
어갈 수 있었다.

신입이자 막내였던 나를 이끌어준 조교들 틈에서 선배와 남편은 늘 함께였다. 당시 동료조교들보다 나이가 한참 위였던 선배는 조교들의 든든한 보호막 같은 존재였다. 석유난로 한 대에 언 손을 녹여가며 자동판매기 커피 한 잔으로 정을 나누던 조교 시절. 학업과 조교 업무를 겸한 녹록치 않은 시기였지만 그리움과 소중한 추억이 스민 시간. 추억은 그렇게 고마운 사람들을 곁에 보내주어 정신없이 휩쓸리는 오늘의 삶까지 응원한다.

근래에 왕성한 활동을 하는 선배는 'black paper' 작가로 유명세를 더한다. 강한 예술적 열망에 남다른 잠재력을 지닌 선배의 진가가 발휘되는 중이다. 크게 내색한 적은 없으나 내심 기쁘다. 정신없이 몰아치며 살다가도 문득 떠오르는 옛 추억에 미소 지을 때마다 도움 주신 모든 분들께 감사한 마음이다. 내일은 남편과 함께 축하의 꽃다발 아름 안고 인당박물관으로 달려가리라. 김길후 작가의 전시회를 격하게 축하해 주기 위해.

2008년 5월 7일, 여운이 남아

우리별 이야기

　체험 학습을 가는 아이를 배웅하고 부산행 KTX에 올랐다. 오래 전 금 박사의 초대를 받아놓은 터다. 간만에 혼자 나선 여행이 마냥 설렌다. 유부녀가 된 이후부터 자유롭지 못한 환경 때문일까. 어디론가 떠난다는 사실만으로도 심장이 두근댄다. 차창 밖에 펼쳐진 가로수를 따라 흔들리는 봄 풍광이 싱그럽다. 파란 보리밭에 피어나던 봄빛 향연이 잔잔한 강물을 따라 은빛으로 전이된다. 그 곁으로 대구가 점점 멀어져 간다. 속도를 내며 물러나는 풍경을 따라 복잡한 일상도 멀어진다.

　부산역에 도착하니 마중을 나와 반갑게 맞아주는 금 박사. 금강산도 식후경이라고 우리는 식당부터 갔다. 전날의 체기가 남은 나를 위해 금 박사가 시원한 대구탕 집으로 안내한다. 잔잔한 파도가 하얀 요트를 실어 나르는 바다를 펼쳐놓고 우리는 식사를 마쳤다. 피카소 화랑을 거쳐 시립미술관을 관람하고 나오니 차에 불청객이 다녀갔다. 차 앞 유리에 동그랗게 실례를 하고 도망간 새의 흔적. 비겁한 새가 급했던 모양이다. 나 만나려고 어제 세차까지 한 금 박사의 정성을 몰랐던 새일 것이다. 투덜대며 푹 퍼진 새똥 위로 와이퍼를 움직이는 금 박사. 좌우를 휘젓는 와이퍼를 따라 워시액 진한 향이 차 안으로 새어들었다. "앗 냄새가 들어왔다!", "폰 약도 다 되었네!" 다급한 그녀의 거침없는 표현은 한마디로 So Cool. 그 장단에 손뼉 치며 깔깔대는 나도 한 통속이다. 벽 없는 만남에는 이해만 있을 뿐 서로 얼굴 마주 보며 웃으면 그만이다.

출렁이는 바다를 끼고 돌아 금 박사의 작업장에 도착했다. 작업장 두 칸에 빼곡하던 작품을 내보이던 그녀가 물 만난 고기 같다. 미치지 않으면 미칠 수 없다고 했던가. 무엇이 이 여인을 이토록 작업에 미치게 하였을까? 이해도 되고 짐작도 간다. 앞날도 작업에 미쳐 작업으로 채워갈 인생임이 분명하다. 그 길이 순탄하길 빌며 나는 왔던 길을 돌아나와 기차에 몸을 실었다. 가끔은 일탈하고 작업에 미쳐 사는 우리별 이야기를 기차가 고스란히 실어 담는다.

2009년 4월

징검다리

마음 한 켠에 화석 같은 한 사람이 있다. 최근에야 그분을 다시 만났다. 조금 더 일찍 만났을 텐데 나의 소심함이 만남의 시간을 늦춘 것 같다. 우리의 첫 만남은 15년 전으로 올라간다.

우연히 찾아간 병원에서는 아버지가 말기 암이라고 했다. 다음 세상이 급했던지 아버지는 그 해를 넘기지 못했다. 돌아가시기 전 딸의 장래에 은근히 기대를 걸던 모습이 선명하다. 제발 화가는 되지 말라 하셨다. 그러나 딸은 곧 죽어도 화가가 꿈이었으니, 철없던 딸은 단식 투쟁에 들어갔고 설득력이 약해 편지지 여덟 장에 간곡한 마음을 빼곡히 담아 우체통에 넣었다. 아버지 손에 도착한 편지는 딸이 처음 해본 투쟁이자 쟁취의 증거물이 되었다. 그 후 꿈에 그리던 미대생이 된 딸은 아버지의 기대를 저버리지 않으려 노력했고 기쁜 소식을 기별했다. 그 행복한 시간에 아버지가 갑자기 운명을 달리한 것이다.

졸업을 1년 앞둔 어느 봄날, 아버지는 가족의 가슴에 아픔으로 묻혔다. 아버지의 병간호로 심신이 지친 어머니가 걱정이었다. 병든 남편의 전부를 받아낼 사람은 아내뿐이었다. 사별 후 꼬박 3년을 외롭게 앓던 어머니는 아직도 종종 아버지 꿈을 꾸신다. 남겨진 자식들은 서로를 격려하며 각자의 자리에서 책임감 있게 살아내야 했다. 내

게도 나름의 책무가 주어졌다.

　1학년 때 학부 4년간의 전액 장학금을 확보해둔 것은 다행한 일이었다. 과외로 작업비도 해결됐다. 부지런한 삶은 선물을 잊지 않는다. 내게 온 선물은 단대 전체 수석졸업장과 대학원 수석 합격통지서. 그러나 그 기쁨도 잠시였다. 대학원은 수석합격자에게도 한 학기간 반액장학금만 준단다. 그때 내 앞에 나타난 수호천사가 있었으니 그는 같은 중학교를 졸업한 선배 언니였다. 그 언니가 내 등록금을 내주겠단다. 한참 후에 안 사실이지만 그 돈은 언니의 퇴직금이자 지참금이었다. 언니는 조만간 수녀원에 갈 계획이었으나 후배의 안타까운 소식 앞에 모든 것을 신의 뜻으로 돌렸던 것이다.

　며칠 후 그 언니가 새 소식을 전해주었다. 같은 직장 선배 한 분이 우리를 돕겠다는 기쁜 소식이다. 그분이 내 등록금만큼을 언니에게 주고 그분께는 내가 그린 풍경화 한 점을 드리자는 제안이다. 그림에 특별한 관심이 있는 것도, 게다가 학생인 내 그림의 가치가 얼마

되지 않는다는 것도 알지만 두 사람은 온전히 나를 돕기 위한 방법만을 찾았던 것이다. "열심히 공부해서 꼭 훌륭한 사람 되세요."하던 그분의 말이 아직도 생생하다. 나는 그분이 좋아한다는 시골풍경에 노을과 시냇물, 나무를 그려 넣었다. 언니는 수녀가 됐다. 두 분에 대한 고마운 마음 가득 품고서도 바보처럼 그분 소식은 언니에게 전해 듣기만 했다. 정교수가 되어야만 떳떳하고 보답도 될 것 같았기에. 그건 어디까지나 내 기준이었다.

키가 자그마한 그 분은 여전히 당시에 일하던 직장에서 근무한다. 올 9월, 그분 직장 앞을 막 지날 즈음 갑자기 감사와 미안함 그리움이 밀물처럼 밀려왔다. 수화기를 들어 만나 줄 수 있겠냐고 했더니 중환자실 근무라서 5분 정도는 볼 수 있다고 한다. 답을 듣자마자 핸들을 돌렸다. 15년 만이었다. 말문이 막힌 건 두 사람 다. 서로 마주잡은 두 손엔 눈물만 가득했다. 그녀의 얼굴엔 주름 몇 개만 더 늘었을 뿐 푸근한 인상은 그대로다. 나는 고맙고 죄송하다는 말만 거듭 했다. 그분은 오히려 "열심히 살아줘서 자랑스럽고 찾아와 주어서 고맙다."고 했다. 서로를 어루만진 5분여는 찰라보다 짧았다.

며칠 후 칼국수 집에서 그분을 다시 만났다. 처음으로 사람 도리 한번 하고 싶었다. 따뜻한 밥을 대접하려는데 칼국수 한 그릇이면 족하다고 한다. 올해 그녀의 나이는 56세. 아버지가 살았던 만큼의 나이가 되었다. 그 사이 야간대학을 졸업하고 내년에는 사회복지계열 석사과정 진학도 계획 중이라며 부족한 내게 조언을 구한다. 퇴직 후엔 지방 복지관에서 봉사하며 살고 싶다는 인생설계도 귀뜸 한다. 푸성귀에 된장뚝배기가 진수성찬 같다며 함박 웃던 그분 성함은 '최

경숙'이다.

죽음 직전 자신의 장기로 타인의 건강을 찾아주던 고인을 보면 삶을 어떻게 살아야 하는지를 생각하게 된다며 30여 년간 근무한 병원 이야기를 들려준다. 물 같고 바람 같이 자연스럽게 살고 싶다며 평범한 삶 속에서 묻어나는 삶의 진리를 담담하게 들려준다.

내게 보여준 선행은 구태여 드러내려 하지 않으려 한다. 단지 살고 싶은 대로 살았을 뿐이라고만 할뿐. 주어진 삶에 욕심은 빼고 감사하며 묵묵히 살아가는 채근담 같은 그분 앞에서 나름 열심히 살아왔다고 자부했던 내 삶이 한 없이 작아진다.

하늘에서 날갯짓 할 것 같은 천사는 이 땅에도 있었다. 그 품에 안겨본 사람은 그 품이 얼마나 귀하고 따뜻한지를 알 것이다. 수많은 관계 속에 숨어있는 소중한 사람, 타인의 절박함을 진심으로 끌어안는 사람이야말로 아름답다 할만하다. 내겐 잊을 수 없는 고마움이자 빚이다. 나도 그와 같은 선행을 실천했는지 돌아보며 작은 선행이나마 지나치지 않으려는 용기를 낸다. 그 용기가 가끔은 '오해'와 '오만'으로 비춰져도 누군가의 절박함을 위한 조건 없는 실천이라면 실행한 그것으로 이미 족하다. 대가를 바라지 않는 무상의 나눔이야말로 사랑의 징검다리가 아니면 무엇일까. 나는 그것을 김향란 마르타 수녀님과 최경숙 선생님에게서 보았다.

「참 소중한 당신」 소중함이 깃든 뜨락, 2015년 5월호

천상 작가와 벗들의 해후

　훈훈한 전시를 보고나면 영혼이 풍요롭다. 며칠 전 대구 아양아트센터에서 가슴 따뜻한 전시를 보고 왔다. 고故 손성완 작가를 추모하는 〈오월에〉전이다. 그가 삶의 경계를 넘은 후부터 스승과 벗들은 어김없이 매년 1회, 올해 10회전을 열었다. 전시는 작품을 나열하고 작품은 작가를 만나게 한다.

　손성완 작가를 마지막으로 본 것은 10년 전 대백프라자 전시장에서였다. 그로부터 4개월 후 그는 자신도 모르게 삼도천三途川을 건넜을 것이다. 심장마비라는 청천벽력 같은 비보가 비통했다. 40년도 못 채운 짧은 생이었다. 안타까운 마음 한 켠엔 그의 새로운 창작을 다시는 볼 수 없다는 것, 그것은 아마도 미술계의 공통된 상실감이었을 것이다.

　조교시절 1년 남짓 그를 가까이서 볼 기회가 있었다. 그는 근면 성실했고 겸손했다. 공식적인 업무가 끝나면 어김없이 화실로 내달리던 부지런함은 천상 작가였다. 당시 한 아들의 아버지이자 남편이던 그는 학업과 작업과 학과조교를 병행했다. 집은 단출했고 곳곳엔 작품들이 즐비했다.

　소박한 삶이었다. 초대받은 조교 일행이 작품에 해가 가지 않도록

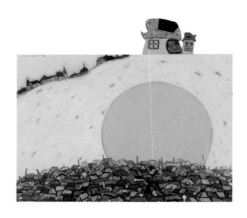

조용히 거실에 앉았는데 가라앉은 분위기를 살리려는 듯 그가 꺼낸 일화가 실감난다.

어느 날 집에 도둑이 든 모양이다. 온 집안을 아수라장으로 만들고 귀중품만 훔쳐 달아난 도둑은 그림자도 남기지 않았다. 놀란 가슴을 쓸며 가쁜 숨을 고르는데 은근히 화가 치밀더라는 것이다. 비장한 표정으로 토로한 이유는 작품만 무탈했기 때문이란다. 순간 작가를 몰라본 도둑을 고마워해야할지 책망해야할지, 종종 그는 재치 있는 입담과 넉넉한 배려로 주위를 밝혔다. 단체 특강이 있던 날, 특강실로 가려면 회전문을 지나야하는데 공교롭게도 손 작가만 문 안에서 옴짝달싹 못한다. 문의 회전 속도와 어긋난 발이 문밖으로 빠져나올 타이밍을 놓친 거다. 구원의 손길이 닿았을 때는 이미 이마에 덩그러니 혹 하나가 생긴 후였다. 노을 진 석양처럼 붉고 큰 혹을 달고 강의실에 나타나 좌중을 폭소케 하던 모습도 선명하다.

회전 속도와 어긋난 발이 문밖으로 나올 타이밍을 놓친 거다. 구원의 손길이 닿았을 때는 이미 이마에 덩그러니 혹 하나가 생긴 후였다. 노을진 석양처럼 붉고 큰 혹을 달고 강의실에 나타나 좌중을 폭소케 하던 모습도 선명하다.

그러나 예술에 대한 집념은 야멸찰 만큼 진지했다. 한지와 먹의 하모니로 한국화의 현대적 해석을 시도했던 손 작가의 작업은 시대를 한 발 앞서갔다. 소재를 면밀히 검토하고 대상의 감정을 이해한 후 정신을 작품으로 체득해간다는 '천상遷想'은 고개지顧愷之의 '천상묘득遷想妙得'을 차용했다고 한 바 있다. 이제 그는 천상天上작가가 되어 화두로 삼은 '천상遷想'을 화우들과 공유한다.

2008년 5월 대구문화예술회관에서의 첫 유작전보다 아양아트센터의 〈오월에〉전은 규모가 축소된 듯하다. 그러나 그를 아끼는 스승과 화우들이 마련한 장인만큼 규모의 대소는 잠시 접고 볼일이다. 초원의 진면목은 풀 한포기로부터 시작되듯 전시는 작품과 기획자와 평론가 그리고 관람자가 함께 완성해가는 또 하나의 큰 작품이다. 치열한 작업과 성실한 삶이었던 요절작가의 작품이 삶과 예술은 한편임을 실감케 한다. 번거로울텐데 서로 주고받아야 할 말과 일에 때를 늦추지 않는 벗들의 노고도 본받을만하다.

운명이 해결 못하는 것을 우정이 나서서 상생을 도모한다. 작가는 가고 예술만 남았어도 이어지는 추모전을 보면 알 수 있다. 사람과 예술을 이해하는 진정한 벗이 있어 가능할 것이다. 천상 작가 손성완과 벗들의 해후邂逅가 그렇다. 유쾌하지 못한 사건들로 지쳐있는 미술계에 활력이 되는 적절한 만남이라고 생각한다.

2016년 6월, 대구신문 칼럼

바람의 오마쥬Hommage

　잃어버린 것들 때문에 철이 드는 삶이다. 그래서 가끔은 아프고 그립기도 하다. 영영 가신 그분은 친정 아버지처럼 손편지에 교훈을 담아 주셨다. 아버지 없이 결혼한 제자에 대한 따뜻한 배려였음을 알아챘다. 선생님의 '색채학'을 도강盜講하고 들킨 날 단단히 야단맞을 각오를 했다. 그러나 추어탕과 호박죽을 사주시던 온화함 이면에는 날카로운 카리스마가 함께였다.

　촘촘한 은빛 백발 아래 냉철한 눈빛은 그분만의 마스코트였다. 비범한 아우라는 따뜻한 스승과 예술가다운 면모를 두루 겸비하고 있었다. 하여 병석에 계시다는 소식이 대수롭잖게 다가왔다. 잔병쯤은 거뜬히 이겨낼 거라 믿었고 그토록 심하게 편찮으리라고는 감히 생각지도 못했다. 어쩌면 믿고 싶지 않았는지도 모르겠다. 그랬던 선생님의 마지막 모습이 첫 인상보다 강하다.

　고故 유병수 교수님의 입원소식을 듣고 동산병원으로 달려간 날, 혈압을 체크한 간호사가 병실을 막 나가고 있었다. 병실에 들어선 난 한참을 선 채로 였다. 한 발짝도 움직일 수가 없었다. 선생님의 야윈 모습에 온 몸이 얼어붙고 말았던 것이다. 곧고 단단하던 풍채는 간 데 없고 휠체어에 기댄 육신이 삶의 끈을 놓으려는 듯 지쳐 있었

다. 사람을 알아보는 눈길도 느렸다. 사모님은 선생님이 부축을 받아야만 바깥 공기를 마실 수 있다고 하셨다. 그 말씀 채 끝나기도 전에 툭 던져진 선생님의 외마디는 "바람이야!"였다. 힘없이 바닥에 떨어진 '바람'이 허탈하면서도 무겁던 날, 그 바람은 내게 쇳덩어리보다 무거운 화두가 되었다. 아직 갈 길이 먼 제자는 스승이 절규하듯 또는 체념하듯 토해낸 '바람'을 가슴에 담고 말았다. 예술가의 단단한 기백마저 흔든 고약한 병마였다. 이별을 받아들일 준비가 안 된 제자는 영영 이별할 것 같은 예감에 미리 슬펐다.

수업시간이 아니어도 예술적인 존재를 강하게 각인시켜주시던 선생님의 말씀들이 섬광처럼 번뜩인다. "작업은 입으로 하는 것이 아니야. 눈으로 보여줘야 돼!." 하시며 행하지 않는 앎은 썩은 지식임을 몸소 보여주셨던 분. "작품을 자꾸 다듬고 꾸미려 들지 마라!" 하시던 말씀은 선생님의 붓질과도 닮았다. 시작과 끝이 어딘지도 모르는 인생처럼 '점'으로 모였다가 흩어진 '선'은 어쩌면 선생님의 혼과 얼의 결정체였는지도. 아니면 선생님의 영靈은 아니었을까.

성서와 대명동 도서관 벽에 걸린 선생님의 작품과 마주하는 일이 잦다. 세월 가도 예술가의 여운은 작품 속에서 온전하다. 가신 분이 다시 오신 듯 옛 추억들도 바스락거린다. 영원한 것은 물질이 아니라 정신이라며 내면을 살찌워준 스승의 가르침이 그리운 날, 오늘도 그날처럼 바람이 슬프다. 가신 님의 예술혼인 듯 보이지 않으나 느껴지는 정신이 바람으로 온다. 여운은 늘 현실보다 진하다.

"바람 불지 않으면 세상살이가 아니다. 그래 산다는 것은 바람이 잠자기를 기다리는 게 아니라 그 부는 바람에 몸을 맡기는 것이다. 바람이 약해지는 것을 기다리는 게 아니라 그 바람 속을 헤쳐 나가는 것이다. 두 눈 똑바로 뜨고 지켜 볼 것, 바람이 드셀수록 왜 연은 높이 나는지."

이정하 『바람 속을 걷는 법』 중에서

2009년 3월, 도서관을 나서며

살아 있는 사랑

사랑한다는 말은을 처음 듣던 날 행복했다. 이해인 수녀님의 시에 곡을 붙인 성가 〈사랑한다는 말은〉은 우리가 서로 사랑한다는 말이 얼마나 황홀한 고백인지를 들려준다. 어쩌면 수녀님의 기도로 잉태된 노래여서 더 깊은 울림으로 다가왔는지 모르겠다.

좋은 말일수록 새기고 새긴 말을 하게 된다. 아이와 남편에게 그랬다. 사랑한다고. 좀 쑥스러웠지만 괜찮은 반응이다. 용기를 내어 학생들에게도 그랬다. "여러분 사랑합니다!"라고. 영혼 없는 외침이었을까, 당황하는 기색이 역력하다. 어쩌면 익숙하지 않아서일지도 모르겠다. 가족은 괜찮지만 공석에서는 좀 유치한 말 아니냐며 남편이 말린다. 그러나 처음이 어색하지 이내 자연스러워질 거라고 했더니 예상대로 결과는 긍정적이다. 서먹하던 강의실 분위기가 한결 밝고 부드러워졌다. 어쩌면 미술시간이어서 통했을지도. 냉철한 수학이나 정치학 또는 엄격한 법학개론 시간이었으면 불가능했을까? 꼭 그렇지만 않을 것이다. 남녀노소 지위고하나 장소를 불문하고 사랑한다는 말은 긍정적인 삶의 디딤돌이므로.

내게도 긍정적인 삶의 디딤돌이 되어주신 몇 분이 계시다. 그 중에서 지금은 고인이 되신 은사님 한 분을 잊지 못한다. 아직도 생생한 그분에 대한 기억은 존경심을 넘어 사랑에 가깝다. 곁을 내어주실 때 진심으로 "사랑합니다."라고 말하지 못한 아쉬움이 있다.

20여 년 전 대학 새내기였던 나는 이른 등굣길에 오르곤 했다. 캠퍼스의 뾰족한 전나무 잎 끝에 달린 맑은 이슬방울 올려다보는 행운을 누리며 새벽 영어특강을 듣고 남는 시간엔 파레트를 닦던 나만의 영 교시. 그 추억갈피에 은사님이 계시다.

그날도 여느 때처럼 이른 등교를 했다. 실기실로 향하는데 붉은 벽돌건물 4층 연구실 한 켠에서 불빛이 새어나왔다. 담쟁이덩굴 무성한 창문 틈 사이로 흘러나오던 불빛. 수업이 시작되려면 멀었는데, 누굴까? 설마 귀신? 도둑은 아닐 테지? 그날따라 호기심은 불빛 있는 곳으로 나를 이끌었다. 살금살금 다가가니 조금 열린 문이 방 안쪽을 살짝 보여준다. 희끗한 머리카락에 조금 긴 얼굴, 회색 정장차림의 할아버지다. 단아한 그분 손에는 책이 들려있었고 지적이고 정갈했다. 그 풍모에 내 소심한 염탐은 그만 숨이 죽고 말았다.

다음날도 연구실 문은 딱 그만큼 열려 있었고, 나는 용기를 냈다. 똑똑! 노크 후 거두절미하고 인사부터 꾸벅 했다. 그러나 얼어 붙은 용기주머니는 어떤 말도 내어주지 않았다. 그러자 "니는 누고? 우예 왔노?" 하시며 들고 온 자동판매기 커피를 고맙다 받아주시던 할아버지. 극재 정점식 선생님과의 첫 만남은 그렇게 시작되었다.

선생님은 명예교수님이셨고 당시만 해도 교수와 학생 사이는 하늘과 땅 같은 거리를 갖추었다. 더욱이 칠순의 노교수님은 어린 학생이 감히 범접할 수 없는 어려운 존재였다. 선생님은 혼잡한 출근시간을 피해 한산한 새벽 버스를 타셨고, 연구동에 가장 먼저 불을 밝히셨

던 것이다. 부지런하고 검소하며 지적인 선생님의 독창적인 예술세계
를 탐독하고 싶었던 나는 틈틈이 연구실로 달려갔다. 그때마다 보들
레르의 시와 곰브리치의 서양미술사, 작가정신, 교육자의 태도, 예술
가의 자긍심 등을 듣고 보고 배울 수 있었다. 선생님의 가르침은 대
학생활이 내게 준 보물이자 등불이었다. 나뿐만 아니라 많은 후배와
후학들에게도 예술의 혼, 작가 정신, 배움의 자세, 선생의 본분 등을
몸소 보여주셨다.

　제자 결혼식 주례사 답례금을 신혼살림에 보태주시거나 가난한 제
자들과 동석하면 밥값 먼저 내고는 당신으로 인해 불편할 자리를 비
켜주곤 하였다. 같은 물을 마시고도 소는 우유를, 뱀은 독을 만든다
는 예를 들며 제자들의 막막한 앞날에 방향을 잡아주던 선생님. 석
사 졸업 후 첫 강의를 나서던 날 "강단에 서면 가르친다는 생각 말고
배운다는 자세여야 한다."고 이르시던 선생님을 학교에서 뵌 날은 길
지 않았다. 자택으로 짐을 옮긴 후 집과 병원을 한 달이 멀게 오가면

서도 어른의 모범된 자태를 흐리지 않았다. 뵐 때마다 "박사논문은 어찌 돼 가노?" 하시더니 10년이나 걸린 제자의 박사논문은 끝내 보지 못하고 천국으로 가셨다. 논문이 완성된 날, 나는 극재미술관 입구에 세워진 선생님 동상 앞에 넙죽 엎드렸다. 늦은 박사논문이 죄송해 아무도 몰래 큰 절 올리며 흐느끼고 말았다.

세월이 흘러 나도 선생님이 가신 길을 따라 걷는다. 스승이란 존재의 가치와 그 가르침에 눈뜨는 나이가 되고 보니 순간순간 선생님의 보물 같은 훈육이 사무치게 그립다.

우리 가운데 살아 숨 쉬는 다양한 사랑의 기운은 때로는 시와 성가로, 때로는 교육현장과 가정에서 긍정적인 삶으로 이끈다. 그러니 얼마나 황홀한 고백인가, 우리가 서로 사랑한다는 말이. 귀한 사랑의 메아리는 울림이 되어 우리 가운데 살아 숨 쉰다.

「참 소중한 당신」 소중함이 깃든 뜨락, 2015. 7월호

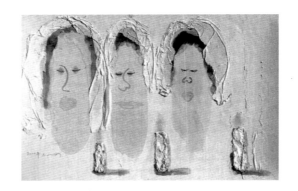

다시 기도

보내고 맞이하고 또 다시 떠나보내는 인생. 세상 모든 사람들에게 공평하게 주어지는 시간이지만 받아들이는 강도는 각각 다른 것 같다. 반복되는 이별고엔 웬만큼 익숙한 줄 알았는데 속절없이 무너져 찔찔 눈물 짜고 말았다. 매일 묵상 글 보내주시던 끌레멘스 신부님이 한국을 떠나셨다. 스페인 성베네딕도회 라바날 델 까미노 수도원으로 가셨다는 기별과 함께 온 비보는 베로니카 수녀님의 폐암 소식. 전이는 안 된 상태고 수술도 하셨다지만 암이라는 소식에 눈앞이 캄캄하다. 20여 년 전 아버지를 그렇게 떠나보낸 후 다시는 이런 몹쓸 이별 따윈 맞지 않겠다고 다짐했다. 그러나 잔인한 병이 간절한 이의 청을 냉정하게 외면한다. 준비도 안 된 사람에게 같은 시련을 다시 주려한다. 어쩌면 친절한 신이 매순간 적신호를 보냈는데 태무심했는지도. 이제 할 수 있는 일이란 신께 매달리는 것뿐이다. 빨간 눈에 총총 이슬이 맺힌 아이(베다)와 함께 성심요양원으로 달려갔다.

"수녀님 저 왔어요. 베다랑 함께요. 마당인데 어디 계셔요?"

"오~ 훈나! 왔어요? 안으로 들어오셔요. 내가 곧 나갈게요."

혹 병동으로 오라시면 어쩌나, 사실 긴장했다. 다행히 목소리는 예전 그대로다. 잠시 후 현관문 큰 유리 너머로 수녀님의 까만 실루엣이 보인다. 전처럼 고운 미소로 우리를 반겨준다. 먼 발치에서는 전처럼 곱다. 그러나 기운이 없어 보인다. 야윈 데다 안색도 창백하다. 안으로 들어가 마주 앉았는데 수녀님은 자꾸 등만 보인다. 눈물을 감추려 애쓰는 중이었다. 야윈 등 뒤로 흐르는 기침을 손으로 감싸 막으며 찬 공기 때문이고 말을 많이 하면 잦아진다고 했다. 아이와 나는 되도록 많은 말을 삼가자며 눈빛 약속을 주고받았다. 대신 재미난 화재를 찾아내 분위기를 살리는데 힘썼다.

수녀님과 베다를 품은 시·공간은 왠지 모르게 아렸다. 내 소중한 사람들이었으므로 그 어느 때 보다 평온하기도 했다. 오랜만에 마주 앉아 나눈 사연은 온통 사랑뿐이다. 25년간 수녀님이 내게 준 그것들처럼 말만으로도 사랑은 전해져온다. 쳐다만 봐도 평화로워서 해 저무는 줄도 몰랐다. 야윈 모습 속에 너그러운 웃음이 배어 있어 힘들 거란 것도 깜박 했다.

그 곁을 지켜주고 싶은 마음은 골골이 깊은데 지나치면 욕심이 되는 수도자의 길. 그분 곁에서 물러나야 할 시간이 다가왔다. 누구든 때가 되면 각자의 자리로 돌아가야 한다. 야속하게도 신은 저마다 시간을 따로 주셨다. 함께 하고픈 이들과 자꾸만 헤어지게 하는 신이 야속한 날이다. 불완전한 인간은 그저 신이 내려주는 빛 알갱이마다 건강의 은총 따라 내려주길 빌 뿐이다. 내리는 해를 따라 구미를 벗어나왔다.

2016년 1월 15일, 구미에서

새벽 편지

술이 아니어도 예술과 밤은 사람을 곧잘 취하게 한다. 감기 기운
에 잠시 눈 감았다가 떴는데 시계 바늘은 벌써 새벽 세 시에 닿아있
다. 낮에 함께 한 〈자작나무 그늘〉의 여운 다 사라지기 전에 흔적 남
긴다. 해 오르면 무지 부끄러워질지도 모르겠다. 그러나 영 사라지는
것보다 낫지 싶어 띄우기로 한다. 그러니 흉보기 없기.

20년 만에 우린 다시 만났지. 잔주름에 새치만 조금 늘었을 뿐 마음은 그대로였지. 거친 땅 뚫고 잔뿌리 내린 나무처럼 한 자리에 있어준 그대들이라서 만남은 반갑기만 했지. 모진 세파가 긴 세월을 꿀꺽 삼켜 풋풋한 추억 알갱이들 흔적 없이 사라진 줄 알았는데 척하지 않아도 되는 순수를 거울처럼 맑게 비추었지.

불혹을 채우는 동안 가슴 시린 추억 하나쯤 왜 없을까만 짠한 마음으로 서로를 격려하며 진심으로 인생의 성공을 응원하는 우리. 또 다시 캄캄하고 외롭고 죽을 만큼 아픈 날이 들이닥칠지도 몰라. 그러나 이름 부르면 달려와 덥석 손 잡아줄 〈자작나무 그늘〉 아래 그대들이 있어 든든하지. 인생이 뭐 별건가. 뭐니 머니Money해도 서로 믿고 위하는 마음, 그 보다 나은 것이 있으면 말들 좀 해 보시게.

"목적을 두지 않은 편안한 만남, 문득 생각 나 차 한 잔 하자고 전화하면 밥 먹을 시간까지 스스럼없이 내어주는, 마음이 힘든 날엔 떠올리기만 해도 그냥 마음 편안하고 위로가 되는"<SNS에서 옮긴 글>

그런 만남이기를.

자작나무 그늘에서 2015년 12월 24일, 새벽

목석 같은 사람

키 크려고 그랬다는데, 어릴 적엔 자주 몸살을 앓곤 했다. 며칠 째 열감기로 기진맥진하던 날, 집에 다크호스가 나타났다. 당시만 해도 귀하던 텔레비전이 예고도 없이 나타난 것이다. 순간 기쁘고 흥분된 마음이 내 열감기를 몰아냈다. 그때를 생각하면 육신의 병은 마음의 지배를 받는다는 말을 믿게 된다.

그 후 내겐 문제가 생겼다. 텔레비전 시청 병에 걸리고 만 것이다. 고작 두 세 개 밖에 안 되는 채널이었지만 그것은 문명의 통로이자 상상력의 가교였다. 꿈동산이자 보물상자이기도 했다. 무성한 열대림에서 노란 바나나껍질을 벗겨먹던 치타라는 존재는 신기함 그 이상이었다. 우람한 근육 맨 타잔은 지구의 수호신인 줄 알았다. 호기심 천국인 어린이가 이 버라이어티 세상에서 자유롭다는 것이 이상한 일 아닌가. 나는 느끼지 못할 만큼 차차 현실과 가상을 넘나들고 있었다. 넋 놓고 텔레비전 앞에 앉아 텔레비전교 열성 신자가 되어갔던 것이다. 부모님은 그런 나를 못마땅해 하셨다. 숙제부터 하라고 호통칠 때가 숱했다.

다행히 지금은 아니다. 거실 한 중간을 떡 차지하던 텔레비전을 치운 지 오래다. 문명의 니힐리즘은 아니지만 더 이상 각본과 가상에

속지 않으려는 꾀가 생긴 것이다. 잘만 보면 양질의 정보를 얻고 오락도 즐기지만 명심하게 되는 것은 시청자는 편집된 장면만 본다는 점이다. 하여 이젠 각 방송사가 조명하는 앵글의 각도에 순응하기보다 주관과 객관적 관점을 챙기는 습관이 생겼다.

　기계가 진화하면 할수록 인간들의 기계 의존도는 높아진다. 기계를 맹신하는 이들을 보면 부모님이 하셨던 목석같다는 말이 생각난다. 인성의 페르소나, 다중인격자, 휴머니즘을 침잠시키는 가짜는 이성적인 삶에서 종종 발견되는 현상이다. 기계에 매몰되어 극도로 결핍되어가는 감성도 안타까움이다. 그래서 더더욱 그리워지는지도 모른다. 바로 사람 같은 사람과 진실한 사랑! 이 두 가지가 말이다.

2011년 8월, 쌍무지개를 본 후

잘 가요, 최 시인!

'봉생마중蓬生麻中이면 불부자직不扶自直이라' 하였다. 『순자荀子』 「권학편勸學篇」에 나오는 말이다. 주변을 밝히는 이는 곁도 덩달아 밝게 비춘다. 솔직한 이를 만나도 더불어 투명해지는 느낌이다. 그랬던 이의 빈자리는 더 크게 느껴지는 법이다. 그는 늘 객관의 시각으로 약자 곁에 서 있었다. 약자의 아픔을 대변하고 감싸주기도 곧잘 했다. 바람직하지 않은 일엔 거침없이 통분하면서도 냉철한 시각을 유지하려 했다. 강을 거스르는 연어처럼 불투명한 현실을 직시하며 옳지 못한 일에 앞장서 발언하던 그를 아끼는 사람은 여럿 됐다. 비평회(대구미술비평연구회) 외에도 많았을 것이다. 그런 그의 짧은 생이 안타까워 흘린 눈물만은 아니다.

대구미술비평연구회 스터디가 끝나면 그는 의례히 술잔을 들었다. 평생 술을 벗한 삶이었고 술 안 마시는 날이 없을 정도여서 지인들은 일찍부터 그의 건강을 걱정했다. 텁텁하고 건조한 이 시대를 살지 못하고 살아내야만 하는 고뇌가 컸던 걸까? 우리는 그의 짐진 삶을 이해하며 술잔을 채워주었지만 실은 건강이 늘 걱정이었다.

그랬던 그가 결혼을 했다. 40을 넘기고 뗀 총각 딱지이니 진심으로 축하할 일이다. 내심 걱정한 건 '책만 보고 글만 쓰느라 모아놓은

재산은 있는지? 사랑하는 아내를 고생시키는 삶이면 어쩌나?'하는 것이었다.

대구 영재원 강사모집 공고를 보고 맨 먼저 그를 추천한 이유였다. 영재원 학생들은 그의 인간적인 면모와 박학다식함을 좋아했다. 무엇보다 '김국'은 그의 행복한 결혼생활을 확인시켜주던 매개체이다. 영재원을 함께 오가던 일행에게 사랑하는 아내 순남씨를 위해 김국까지 끓인다며 은근히 애처가임을 자랑하던 최창윤 시인.

그렇게 행복해하던 그가 어느 날 갑자기 췌장암이란다. 비평회 스터디에도 못 나올 만큼 심각하다는 전갈이다. 회원들의 정성을 모아 경대병원으로 달려간 날, 사랑하는 남편 곁에서 눈물짓던 아내 박순남 씨의 얼굴이 반쪽이다. 아내의 극진한 간호를 받던 최 시인도 앙상한 골격을 드러내며 헬쓱했다. 독한 약 때문에 혀도 감각을 잃었던 모양이다. 까맣게 타들어간 그의 육신엔 사투의 시간이 고스란했다. 몰라보게 수척해진 그때도 표정만큼은 평소처럼 밝고 침착했다. 들고 간 회원들의 작은 정성을 고마워하며 내 귀가길까지 챙겨주며 남긴, 그의 마지막 말이 짠하다.

"내 병 다 나으면 비평회 회원들 계 모아서 유럽 여행 한번 갑시다." 그러나 그의 마지막 소원은 다음 생으로 밀려났다. 영영 돌아올 수 없는 길로 들어섰기 때문이다.

별안간 사랑하는 남편을 떠나보낸 박순남 작가를 볼 때마다 아린 마음을 갈무리게 된다. 매주 미사 때마다 최 시인의 영면안식을 비는 것은 잠시나마 이 시대를 함께 했던 지인된 도리이다. 세상을 투명하게 바라본 그의 시선이 담긴 시집詩集 〈잘 가라 버디홀리〉를 아내 곁에 두고 홀로 서둘러 간 그곳이 어디인지, 그곳에선 부디 평안하기를 빈다.

2015년 12월, 십자가 불빛 아래서

한 학기 동안 알아갈 다른 학생들의 열성이 기대된다. 그 틈으로 살짝 끼어드는 비밀스런 긴장감을 그들은 알까. 선생도 학생들 앞에서 실수하고 설레고 긴장하고 배운다는 것을. 학교 밖에는 더 큰 선생들이 우리를 기다린다는 것도. 그런 까닭에 나는 만년 학생이다.

– '만년 학생' 중

셋째 이야기
배움의 아름리에

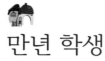

만년 학생

　학기 초엔 늘 그렇듯 어수선하다. 수업 첫 날이었다. 설레는 마음으로 강의실에 갔더니 나를 찾는다는 호출이다. 삼십분 앞서 도착했는데 다른 강의실이라니. 첫 시간부터 실수했다. 조교와의 소통부족이 화근이었다. 정신을 차리고 지정 강의실로 가니 학생들이 일제히 나를 쳐다본다. 기대에 실망이 동반된 첫 시간이다.

　이번 학기 수강생 중엔 만학도가 두 명이나 된다. 각각 30대와 40대 남녀학생인 그들은 4학년임을 미리 밝힌다. 작품 평을 해달라는 요청도 곁들인다. 그들의 적극성이 좋아보였다. 오리엔테이션을 마치고 곧바로 4학년 실기실로 내려가니 40대 여학생의 캔버스가 먼저 눈에 들어온다. 매일 포항에서 대구로 통학한다는 그녀는 어린 자녀를 셋이나 둔 주부라고 하였다. 녹록치 않은 여건에서 학업을 결심한 것은 그녀의 어릴 적 꿈이 화가였는데 가정 형편상 때가 늦겨졌다는 것이다. 얼마나 긴 시간 꿈꾸던 학업이었을까. 그녀에겐 간곡했을 기다림의 세월이 느껴져 뭉클하다.

　첫 시간부터 강의실을 찾아 헤맨 나는 그녀 앞에서 살짝 민망했다. 섬섬옥수 같은 그녀의 작품에서 숨은 열정을 읽는다. 이미 삶에 열과 성을 다하는 그 학생에게 무엇을 더 가르칠 텐가. 테크닉이나 이

론 따윈 다음 일이다. 만학도를 만나면 반복되는 고민이기도 하다.

위대한 예술가들은 격정의 세월 속에서 열정적으로 작업한다. 그러니 열정적인 학생은 이미 반은 성공한 셈이다. 한 학기 동안 알아갈 다른 학생들의 열정도 기대된다. 그 틈으로 살짝 끼어드는 내 비밀스런 긴장감을 학생들은 알까. 선생도 학생들 앞에서 실수하고 설레고 긴장하고 배운다는 것을. 학교 밖에는 더 큰 선생들이 우리를 기다리고 있다는 것도. 숨길 수 없는 이 배움의 열정이 좋은 나도 만년 학생이고 싶다.

2009년 3월, 바람이 차던 날 밤

본本은 늘 본

며칠 전 철학세미나에 다녀왔다. 평소 관심을 둔 세미나였기에 기대가 컸다. 모 대학 교수님의 공자의 '인仁'에 대한 강연이 끝나자 다양한 질문들이 쏟아졌다. 명쾌한 답변과 뜨거운 열기는 학부생에서부터 석·박사과정의 학생들, 각과 교수님들의 냉철한 질문과 답변으로 이어졌다. 기대를 저버리지 않는 인문학의 장이었다.

더 놀란 것은 퇴임한 노교수님의 태도였다. 백발이 되어 세미나장에 오신 교수님은 나의 박사과정 철학담당 교수님이다. 퇴임 후 몇 년이 지났지만 학자의 풍모를 고스란히 유지하고 있었다. 2000년 3월, 박사과정에 막 들어갔을 즈음이다. 정신 없고 어리둥절하던 우리에게 박사 학위를 두 개나 취득한 그 노교수님이 용기를 주려고 한 말이 생각난다. "여러분이야말로 진정한 일을 하는 사람입니다. 창작은 모방으로부터 출발한다지만 온전히 자기 것으로 체화되어 재창조하는 것이지 않습니까? 박사논문은 아무래도 남의 글을 재탕 삼탕하는 일에 가깝기에 창작만 못합니다."

박사과정 수료 후 논문이 완성되기까지 10년이 걸렸다. 짬짬이 작업을 겸하는 순간마다 그 교수님의 말씀이 생각났다. 그분은 겸손하셨다. 작업과 논문 둘 다 만만치 않음은 분명하다.

그 교수님은 후배의 강의를 경청한 후 스스럼없이 질문도 했다. 그간 수많은 학생들을 가르쳤을 것이고 학자양성도 무수히 했을 텐데 그들 앞에서 스스럼 없이 '잘 모르겠다'며 질문한다. 내 경험으로는 보기 드문 현상이다. 미술전공자인 나로서는 열띤 토론으로 살아숨 쉬는 듯한 인문학의 장이 곧 배움의 장이다.

내가 인문학 스터디나 세미나를 찾는 이유 중 하나다. 학구적 포만감을 안고 집에 와서도 노교수님 생각이 가시질 않는다. 아마도 학교를 직장 삼지만은 않았을 것이다. 연구의 터전이나 후학양성의 보금자리로 삼지 않았을까. 10년이나 무소식이던 나를 처음처럼 반겨준 것만 봐도 선생의 본분을 한결같이 지키려는 소신을 지닌 분임에 틀림없다. 그분의 학자적 풍모가 선생이라는 직분을 돌아보게 한다. 모르면서 아는 척, 틀리면서 맞는 척, 없으면서 있는 척, 삼척동자의 척함을 내면화시키며 무수한 가면에 본질을 가리진 않았는지. 교육의 본분은 망각한 채 밥줄에만 연연하진 않았는지. 직업을 자신으로 착각하며 분에 넘치는 과찬엔 또 얼마나 탄복하며 살았는지. 자유로운 상상을 차단시킨 강단에서 목마른 학생들을 기만하지는 않았는지… 이런 저런 자문을 해본다. 아무리 생각해도 나는 자신이 없다.

2013년, 어느 봄

극성과 직업병 사이

나를 보따리 장사라고 부르는 한
친구가 있다. 강의 보따리 들고 여러
학교를 떠도는 시간강사의 다른 호
칭이다. 연구실도 없이 자동차나 휴
게실을 전전하니 비정규직 떠돌이가

더 적절할지 모르겠다. 벌써 20년째. 그러나 마음만은 한결같이 풋
풋하고 젊다. 올해도 새내기들을 맞았다. 긴장하는 그들에게 자아와
초심을 추세워주며 수업을 시작한다. 좀 고루하더라도 "미리 생각하
는 자는 넉넉한 미래가 준비될 것이다."라는 말에 힘을 주며 꿈과 정
체성 장래희망에 대한 비전도 살짝 곁들인다. 출발점에 선 그들의 눈
빛은 초롱한 별빛 같다. 과장을 보태면 태산도 움직일 태세다. 몇 주
후면 풀어질 긴장감인 줄 알지만 시작은 늘 야무지고 진지하다.

세월이 더해질수록 그들 앞에 선 마음이 가볍지 않다. 머지않아 냉
혹한 현실에 뛰어들 학생들에게 비현실적인 이상과 야망만 심어주는
건 아닌가 할 때가 있다. 강의 과목 특성상 어쩔 수 없다 하더라도
냉엄한 현실감을 떨어뜨리진 않나 자책할 때가 있다. 회사마다 구조
조정이 거세다. 취업난도 심각하다. 사회 전반적인 대란이다. 광풍이

거세게 몰아치는 현실을 직시한 이들에게는 희망과 불안이 병존한다. 불투명한 미래에 대한 두려움은 인간의 영원한 과제겠지만 곧 밀어닥칠 현실에 대한 불안은 오늘날 청년 실업자들의 고난이다. 그 농도가 매 해마다 짙어진다. 그런 그들 앞에 선 나는 주어진 시간에만 강의를 해야 하는 시간강사다. 경제적인 부나 편협된 시각에 우리 사회의 중요한 가치가 희생당하고 있는 것은 아닌지.

솔직한 그 친구가 학생들의 미래를 걱정하는 내게 비수를 꽂는다. 오버하지 말고 적당히 강의만 하란다. 전임도 아닌데 남 일에 참견한다며 후원과 격려에 치중할 수 없는 시간강사의 현실을 또렷이 각인시킨다. 불안하고 열악하며 타이트할 수밖에 없는 삶은 우리나라 대학 시간강사들의 현실일 것이다. 탐구와 배움의 산실인 학교에서 학문을 갈고 닦아 학생들과 나누고픈 강사들의 희비를 친구는 알런지.

수업을 마친 강의실이 현실처럼 가라앉는다. 휑한 책상 위에 흩어진 프린트물들이 갈 곳 찾는 그들 같다. 다음 시간에 만나면 주인 찾아 주리라. '냉혹한 현실에 굴복하며 푸념만을 늘어놓을 때가 아니다. 현재라는 시간만 보는 자는 불확실한 미래만 있을 뿐이다.' 그렇게 스스로를 다잡지만 학생들을 향한 미안함만은 어쩌지를 못하겠다. 20년 간 그들 앞에 선 강사였으나 선생 노릇은 제대로 할 수 없었다. 오늘도 이 불치병을 안고 강의실을 나온다. 그렇다고 한탄만이 답은 아니다. 이러는 나 직업병인가? 극성인가? 오지랖인가?

2016년 3월, 강의실에서

길

　일주일에 한 번 시외로 강의 가는 날, 비워질 자리를 채우느라 전날부터 분주하다. 벌써 8년 째, 조금 이른 새벽에 아이 등교를 준비하고 간단하게 아침을 먹는다. 가방을 챙겨들고 여섯 시면 어김없이 현관문을 나선다. 고속도로에 차를 올리면 출발은 성공한 셈. 몇 년 전까지만 해도 함께 가는 선생님의 운전이 고마웠는데, 혼자 하는 운전은 긴장의 연속이다. 종일 수업을 해야 하는 입장이라 휴게소만 잠시 들릴 뿐, 수업 이외의 시간을 길 위에서 보내는 셈이다. 10년 간 그 길에서 만난 다채로운 풍광을 기억한다. 길 위에서 만난 풍광은 여유와 위로, 동반자 그 이상이다.

　학기 초인 3월은 길이 좀 어설프다. 겨울잠에서 막 깨어난 파충류처럼 푸시시하다. 가끔은 짙은 어둠 속으로 진눈깨비가 날리고 짙은 안개 밭이 드러날 때도 있다. 하얀 안개 띠가 종착지까지 이어진 날엔 거대한 과적차량을 의식하며 브레이크에 잔뜩 힘을 준다. 굵고 사나운 빗줄기가 천둥과 번개로 돌변한 날도 여러번. 난폭한 비바람과의 맞장은 생각만 해도 아찔하다.

　멈출 수도 돌아갈 수도, 그렇다고 속력을 낼 수도 없는 진퇴양난의 길을 달린다. 그 길에서는 침착하게 앞만 보고 가야 한다. 운전이

서툰 내겐 모험 같은 주행이다. 그렇게 왕복 네 시간을 달리면 몸과 정신이 멍하다가 끝내는 더 단단해지는 느낌이다.

4월이면 풍경이 달라진다. 우선 볼거리부터 풍부하다. 5월엔 짙푸른 산야를 획획 지나가는 재미가 쏠쏠하다. 고속주행이라 지나치는 풍경이지만 봄은 매주 다른 얼굴을 내밀었다. 잦은 앙탈과 변덕마저도 귀여웠다. 라디오에서 흘러나오는 사연에 울고 웃고, 전화기 너머로 들려오는 아들 이이의 목소리는 해갈의 단비다. 지쳤던 심신도 학생들을 생각하면 다시 되살아난다. 오늘은 "괴테와 칸딘스키의 색채론을 할 차례지?" 뇌에 저장해둔 각종 메모리를 재점검하다 보면 어느새 목적지이다. 목적지에 도착하면 수고한 차 한번 쓰윽 쓰다듬어 주고 달려온 길에서 조용히 내린다.

그 길은 내게 많은 것을 주었다. 애인과 폭군처럼 부드럽고 섬세하게 또는 거칠게 다양한 삶을 가르쳐 주었다. 나눔을 주선하고 길은 스스로 만들어가는 것임을 일러주었다. 꽃길 비단길 확 트인 탄탄대로도 마음에 꽃 피고 바람 불 때마다 다른 길 된다고 일러주었다. 저마다의 사정대로 가야 하고, 가야만 새 길 난다는 교훈을 새겨주었다. 사라진 길은 다시 찾고, 숨겨진 길은 드러내고, 좁은 길은 넓히며 가다보면 자신만의 넓은 길이 된다고, 가야만 인연 맺을 수 있고 역사도 쓴다고 가르쳐 주었다. 석가모니, 공자, 노자, 묵자께서 이르시던 길道은 이 평범한 길이 가르쳐준 그것들과는 다른 길일까?

2008년 4월 15일, 길 위에서

노출 유행

안도다다오의 건축과 그 건물에 설치된 작품이 궁금하던 차에 여름방학을 맞아 이우환 미술관과 베네세하우스 그리고 지중미술관을 두루 돌아볼 기회가 찾아왔다. 가서 보고 놀란 것은 건축과 작품의 조화뿐만 아니라 전시장 도슨트들의 태도였다. 그들은 전시장 내부 공간색과 같은 톤의 복장으로 전시장 한쪽 벽 모서리에 바짝 붙어 서 있는 것이 아닌가. 인기척이 없었으면 무심코 지나쳤을 정도로 존재를 드러내지 않았다. 관람객이 온전히 작품에만 몰두할 수 있도록 하던 배려였다.

무료 인터넷 서비스 제국인 이 시대는 SNS소셜네트워크가 대세이다. 다양한 삶을 드러내고 낯선 이도 서로 연결시켜준다. 덕분에 평범한 소시민들이 일순간 스타의 반열에 오르기도 한다. 트위터, 인스타그램, 라인, 핀터레스트, 텀블러, 페이스북, 밴드, 카카오스토리 등 이름도 다 못 외울 만큼 커뮤니케이션 회사들의 무료 사이트가 생겨나는 추세이다. 데이터 기업들은 끊임없이 알고리즘을 개선해나가고 이를 잘 이용한 대중들은 덕을 보기도 한다. 그 반대의 사례들도 무수하다. 이때 개인과 집단의 판단은 다양한 결과를 초래한다. 욕설과 비방에 과다한 사생활 노출로 피해를 보는 이도 적지 않다.

비슷한 감각과 코드로 번지는 유행이지만 취향이 아니면 따라하지 않게 된다. 취향은 하고 싶은 마음이 생기는 방향이다. 흰 배꽃이 화려하진 않으나 가을 열매가 알찬 것처럼 드러내기에 소모적인 에너지를 내면으로 방향전환 한다면 날뛰는 공공의 환경도 더 차분해지지 않을까. 자신의 책무에 충실하며 관람객을 배려하며 전시장의 품격을 높여주던 일본의 도슨트들처럼.

2015년 3월, 봄을 기다리며

고개 숙여야 보이는 점

게발선인장을 처음 본 것은 김 교수님의 연구실에서였다. 창가에 놓아둔 파릇한 화분들 때문인지 교수님의 연구실엔 신선한 공기가 감돌았다. 12월 어느 날 교수님이 나를 그 창가로 데려갔다. 게발선 인장을 보여주고 싶었던 것이다. 따스한 햇볕을 받아서인지 선인장은 대체로 싱그러웠다. 거기서 내가 주목해야할 것은 게 발을 닮은 선 인장의 잎이 아니었다. 파란 잎 끝에 보일 듯 말듯하게 박힌 작은 점

같은 꽃이었다. 몸을 낮추어 교수님의 손끝을 주시하니 총총한 점들이 보인다. 신기했다.

자세히 보니 점이 미미하게 핑크색을 띤다. 머지않아 그 작은 점들이 큰 꽃이 될거라니 놀라울 따름이다. 나중에 안 사실이지만 크리스마스가 올 무렵에 핀다고 하여 크리스마스 꽃이라고도 한단다. 활짝 피면 화려하다니 은근히 기대도 된다. 비록 시작은 미려하나 창대하게 피어날 희망을 주던 꽃. 잠깐이었지만 그 기대에 나를 동참시켜 준 교수님의 배려가 고맙다. 며칠 후 연구실에 다시 갔을 때 작던 점들은 상상을 초월할 만큼의 화려한 꽃으로 변모해 있었다.

김 교수님과는 이만저만한 일로 가끔 만난다. 우연한 만남에서 긴 인연으로 이어졌지만 그리 될 수 있었던 것은 교수님의 세심한 배려 덕분이다. 나이를 떠나 상대방의 인격을 존중하며 수평적인 관계를 유지하려던 연장자, 그 모습에서 나는 삶의 연륜과 깊이를 보았다.

더하여 특별한 경험의 장을 열어준 덕분에 한국의 대학생들은 어디서나 같은 온도로 피 끓는 청춘임을 실감할 수 있었다. 의리와 개성, 잠재력과 무한한 가능성을 겸비한 이들의 전당인 대학교이지만 그들에겐 무엇보다 진심이 필요하다. 대한민국 청춘들의 미래가 크리스마스 꽃처럼 활짝 피어나길 바라며 나는 오늘도 강의를 준비한다.

2013년 12월, 학교 뒤뜰 전나무가지에 바람 닿을 때

전시장 풍경 하나

　황사가 있었으나 주말이라 거리엔 사람들이 많았다. 전시장에도 관람객이 만원이다. 예술에 대한 시민들의 높은 관심도를 확인한 순간이다. 전시에 동참하라는 공문을 받았지만 개인적인 사정으로 출품을 하지 못한 터다. 객관적인 관람기회도 나쁘진 않다. 전시장 전관은 대형 그림으로 가득 찼다. 작품의 양만큼이나 내용과 형식의 층차도 크다. 재료의 촉각성에 중점을 둔 작품에서부터 정신이 깊게 배인 작품과 새로운 과학기술과 어우러진 작품 등, 내용과 형식은 다양하고 다층적이다. 작가들의 인생 굴곡과 관록만큼 천차만별인 작품을 전시한 단체전에서 작가 개개인을 만나보고 싶을 만큼이다. 그러나 작가나 관계자는 전시장에서 만날 수가 없다. 늘 그래왔듯이 사전 약속 없이는 단체전에 개개인이 시간을 할애할 리가 없기 때문이다.

　상투적인 전시취지문 하나만 붙었을 뿐, 난해하거나 흥미진진한 작품들에 비해 안내자나 설명서도 없다. 일련의 준비과정(액자와 리플릿 제작, 공간 대여, 초대장 발송 등)에는 소통이 전제된다. 오케스트라의 지휘자는 무대 위의 분위기나 관중의 반응에 더해 연주자의 포지션, 악기 소리, 곡의 흐름 및 악센트, 이벤트와 위트까지 두루 조망하듯 전시 기획자도 그래야만 한다.

미술사가인 B. 베렌슨(Beruard Berenson:1865~1959)에게 그의 제자가 "작품을 어떻게 하면 잘 볼 수 있습니까"하고 묻자 "보라"고 하였다. 이때 보는 것과 느끼는 것은 다르다. 본다는 것은 지적 훈련이나 수준과도 관계 있다. 현대미술작품 특성상 이론적인 배경지식도 간과할 순 없다. 이를테면 미학·미술사적 관점과 종교적·인문학적 소양 및 수학·과학의 범주 등, 다양한 바탕이 이해를 돕는다. 하여 현대미술작품에서 작가의 예술철학을 이해하려면 사전준비가 필수이다. 그렇다고 관람객 전원이 철저히 준비하여 잘 보고 잘 느껴야 하는 것만은 아니다. 작가의 철학에 반드시 동조할 필요도 없다. 나름의 관점에 맡기는 것도 하나의 방법이다.

그러나 전시기획자 또는 진행자는 작품을 잘 보고 싶고, 알고 싶고, 느끼고 싶어하는 이들에게 친절할 책무가 있다. 수고롭지만 간단한 작업일기라도 명시했으면 하는 아쉬움을 뒤로하며, 수업시간 학생들에게 "작업일기는 작가의 삶과 예술과 학문 등에 대한 견해와 신념의 표출이다."라는 말을 하게 된다.

2005년 4월 23일 토요일, 전시장에서

멈출 수 없는 길

　결코 녹록치 않다. 아예 대놓고 험한 길이라고 말하곤 한다. 가정을 지키며 작업을 하다 보면 현실에서 강제되는 비굴함도 견뎌야 한다. 작가의 고뇌는 곧 삶이자 예술이기 때문이다. 미혼, 기혼 할 것 없다. 그러나 가정을 지키며 작업하는 작가들은 많다. 오래 전부터 지켜 본 한 작가가 있다.

그는 지표도 보장도 없는 예술가의 길을 씩씩하게 간다. 개선장군처럼 당당하게 작업 에너지를 뿜어내는 모습이 귀감이었다. 가끔은 감동과 본보기로 다가왔다. 그의 의지를 가까이에서 볼 기회가 있었다. 그러나 가까이 가면 갈수록 기대는 실망을 동반했다. 미치지 않으면 미칠 수 없음을 증명이라도 하듯 그는 작업에만 미쳐있는 사람이었다. 인간관계 대부분에는 작품을 앞에 두었고, 생활방식은 일반의 궤도에서 한참 벗어나 있었다. 한마디로 작업과 삶이 따로인 작가였다. 빈약한 생활태도에 신비로 포장된 작가 이미지였던 것이다. 누구보다 그의 관심 밖으로 밀려난 가족이 딱했다.

　그 후 '작업은 곧 삶이다'라는 신념이 그의 예술과 삶을 부정적으로 몰아갔다. 그의 작품을 대할 때마다 촉을 세우던 거부감은 그의 일거일동만큼이나 싫어졌다. 작업을 위한 가정생활의 소홀은 그 이상도 이하도 아닌 구차한 변명 같았기 때문이다. 결국 그의 불균형한 삶의 방식은 그를 우러러보던 나의 초심을 깡그리 밀어버렸고, 그 후 삶과 작가와 작업과 작품의 관계에 대한 고민에 잠겼다. 영육을 아우르는 예술가의 작업에 대한 신념은 물론 투철한 삶의 규율 안에서 수신 창작해야한다는 생각에 그를 포함시킬 수 없었다. 적어도 내 기준에선 진정한 예술이란 수행정진과 다름없는 숭고한 것이어야 했으므로. 당시엔 그랬다.

　"동양의 유가미학 중 전형적인 심미론 또는 창작론에 비덕菲德이라는 것이 있다. 이는 '사물의 고유한 속성 안에서 인간 속성이 군자의 덕성과 유사하지 않다면 그 사물은 심미 대상이 될 수 없다'이다. 사물을 회화의 제재로 삼는 것은 군자인 자신을 반영하는 피사체로 여기기 때문이다. 자신의 피사체라는 점에서 사물은 이미 의인화 되었다. 그때 그림은 사물로서의 이미지를 소멸해 버리고 작가의 정신세계를 나타내는 사물로 변한다. 예술효과는 그 다음 단계에서 나온다. 때문에 사람들은 대나무 그림에서 선, 색채, 구도의 미술적 아름다움을 감상하기에 앞서 지조나 절개와 같은 가치를 읽는다. 이것은 그림은 곧 작가의 피사체이자 작가정신의 반영물이라는 말과 상통한다. 특히 '덕성'이라는 추상적 가치의 '사의寫意'는 동양 미학의 주요 덕목으로, 구도가 어떻고 선이나 색이 어떠하다는 평가는 작가와 작품을 이분법으로 나누므로 의미가 없다. 때문에 작품의 가치를 작가론으로 분석하게 되는 것이다."

숱한 여인들을 사랑하고 사랑한 만큼 여인들과 허무하게 이별한 피카소에겐 성실한 예술이 있다. 미술사는 피카소가 다양한 여인들로부터 예술적 영감을 얻었고 새 여인을 만날 때마다 새로운 예술이 잉태됐다고 기록한다. 그러나 철저하게 자기중심적이었던 피카소는 여인을 그의 강한 욕정과 공허를 채우는 대상으로 사랑했을 뿐, 여인들이 원한 따뜻한 인간애를 상실했다. 그의 결핍된 사랑은 위험한 감성에 불과한 것이었다. 누구나 존중받아야할 사생활이지만 예술을 핑계 삼은 불안한 사생활은 왠지 껄끄럽다.

작가이기에 이해받아야만 할 면죄부도 아니다. 남편이자 아버지이고 가장이었던 그의 파격적인 사랑이 여인들을 자살 또는 쓸쓸한 삶으로 몰고 갔음을 목격했기 때문이다. 수순처럼 그의 자손들도 불행한 삶이었다. 때론 광란에 가까운 일탈에서 걸작이 잉태되기도 하지만 예술가이기 전에 인간 피카소의 왜곡된 낭만이 달갑지만 않은 이유이다.

　그런데 요즘 실망한 그 작가에게서 나를 보곤 한다. 규율이 선 삶에서 예술의 신념을 동시에 지키려는 나에게 지인이 충고를 한다. 하나를 얻으려면 다른 하나는 포기해야 한다고. 그러나 무엇을 포기하고 취해야 할지 용기 내지 못할 때가 있다. 이해를 구하게 되는 가족에게 미안함이 크다. 심지어 죄인 같을 때도 있다. 마크 로스코(Mark Rothko, 1903~1970, 러시아 출신의 미국화가)도 같은 심정이었을까? 친구인 클레이 스폰에게 쓴 편지를 보면 그의 심정을 이해하고도 남는다.

　"나는 화가의 인생을 혐오하기 시작했다네. 한쪽 다리는 내면과 싸우고 있고, 다른 한쪽 다리는 정상적인 세상에 걸치고 있는 셈이지. 그러다 결국 격분하게 되고 광기로 나를 내몰게 되어 뒤돌아보지 않고 계속 치닫게 되는 거야. 이러다 정신을 차리면 내 몸의 반절만 숨을 쉬는 것 같은 그런 멍한 상태로 몇 주를 보내게 된다네."

　삶은 산 넘어 산이다. 예술은 산 넘어 태산이다. 답도 없다. 모두 쉼 없는 과정일 뿐, 그 길을 예술가는 묵묵히 갈 뿐이다.

2014년 2월, 목감기가 온 날

도가도道可道 비상도非常道와 같은 예술

예술작품 속에는 세상이 불필요하게 여기는 것들이 많다. 그럼에도 불필요한 노동을 멈추지 못하는 이유가 뭘까? 아마도 예술에는 세상이 긴요하게 여긴 것들이 채워주지 못하는 것이 들어 있기 때문일 것이다. 눈에 보이지 않으나 가치 없지 않은 것, 보지 못했거나 모를 뿐, 그러나 소중한 것. 그것이 무엇인지 고민하고 찾아서 드러내 보여주는 것이 예술가의 몫이 아닐까.

90년대 초였다. 나는 공모전에 열과 성을 다하던 미대생이었다. 다행히 결실도 컸다. 모교를 대표해 나간 전국대학미전에선 동상을, 4학년 땐 대한민국미술대전에 입선을 했다. 이어 신조회 미술대전에서 금상뿐만 아니라 각종 공모전에서 크고 작은 상들을 받았다. 당시 미대생들에겐 공모전 입상 경력이 자격증이나 실력증서나 다름 없었기에 의미를 두고 참여했다. 덕분에 세상에 내보일 경력이 푸짐했던 나는 비교적 밝은 미래를 꿈꾸었다.

결혼을 하자 그런 나를 남편이 말린다. "이보게 자네! 대통령 되려고 그러나? 대통령이 되려면 정치를 하지 그림을 그려서야 되겠는가?"하며 야멸찬 내 야망에 찬물을 끼얹곤 하였다. 그런 남편이 야속하고 현실감 떨어지는 사람처럼 느껴졌다. 가족을 책임지는 가장

의 자세로는 탐탁지 못하다며 남편의 비현실적인 삶의 잣대를 재단
해주곤 했었다. 당시 우리 부부 논쟁의 주요쟁점은 다른 예술관과
다른 종교관이 과반이었을 것이다.

드라마 〈바람의 화원〉에서 단원 김홍도는 제자 신윤복에게 촛불
을 들고 이렇게 말한다.

"이 하나의 촛불이 수많은 그림자를 만들듯 하나의 사물은 다양한
象象을 갖는다. 화가는 그 다양한 상을 볼 수 있는 눈을 가져야 하고
그것을 화폭에 담을 수 있어야 한다."

오온(五蘊 : 색色·수受·상想·행行·식識) 중 하나의 상에 갇히기를 경
계하는 것과도 상통하는 말이다.

어느 날 육잠스님께 아호를 부탁드렸다. 가능하면 학문과 예술적
기운을 보강하는 이름이면 좋겠다고 하니 대뜸 스님이 나무라신다.
"이미 박사학위도 받았는데… 예술은 절대적 이상세계라 만족은 없

겠지요. 내가 좋아서 그림을 그리고 그 세계에서 놀고 내 의지를 드러낼 뿐 더 이상 무엇을 도모하지 마세요. 거기에서 벗어나면 고통이 시작되고 욕망도 따라 붙습니다. 그 순수한 예술세계를 존중해야 내 영혼이 맑아지고 아름다워져요. 도를 말할 때 '도'의 본질에 가까운 것이 자연입니다. '자연스럽다' 할 때 그 자연, '도가도 비상도'라는 말도 있지 않습니까?" 순간 탁한 영혼을 씻기는 듯했다.

그렇다. 역사상 예술계의 대통령과 예술계의 일등은 없었다. 느낌과 정신, 감성과 생각, 개성 등으로 창작하는 작가를 그 어떤 기준으로 서열 매길 수 있단 말인가. 다양성과 차이만 있을 뿐, 그러니 작가라면 상대를 겨냥한 필요 이상의 우월감이나 열등감에서 벗어날 필요가 있다. 순간적인 인기나 명성도 높이 오른 파도를 탄 것일 뿐, 수시 때때로 변하고 부서지는 파도 같은 삶에서 예술의 본질을 보지 못한다면 진정한 예술정신의 획득은 아득히 멀다.

2013년 4월, 백목련 피는 봄에

좋은 그림이 뭐야?

아이가 부모님 손을 잡고 전시장에 왔다.

"아빠 이게 뭐야?" 아이가 신기한 듯 화면 위로 돌출된 오브제를 만지려 한다. 전시장 관계자가 달려와 "만지진 마세요." 하며 주의를 준다. 아이에게 아빠는 눈으로만 보자고 속삭인다.

아이는 다시 "엄마! 그럼 좋은 그림은 어떤 거야?" 하고 묻는다. 난감한 표정의 엄마다. 작품을 보고 이게 뭐냐고 묻는 아이의 질문에 난처해진 아빠와 좋고 나쁘고 옳고 그름으로 작품을 설명할 수 없는 엄마의 난처한 모습은 다층적인 현대미술 작품 앞에서 종종 목격되는 진풍경이다.

텍스트의 당위는 무엇으로 획득될까? 좋은 작품의 기준이 있기나 할까? 모사나 재현? 본질에 충실한 표현일까?

"드로잉이란 특별한 손재주가 있어서 하는 활동이 아니라 마음 속의 느낌과 기분을 표현하는 수단이다."라고 한 마티스(Henri Matisse 1869~1954)의 말을 음미해본다.

간과할 수 없는 것은 대상의 본질을 파악하는 시각과 정신일 것이다. 느낌은 머리보다 가슴으로 먼저 다가온다. 사랑이나 기쁨과 슬픔이 먼저 닿는 곳도 가슴이다. 하여 심미안을 떠야 보이는 예술이다.

보는 사람이 바뀌면 보이는 것도 달라진다. 때문에 작품에 대한 분석은 간접적으로 이루어질 수 없다. 르노아르가 "그림은 영혼을 씻어주는 선물이어야 한다."고 하였듯 감정의 인간은 머리로만 예술을 이해하지 않는다. 하여 좋은 예술에 대한 단답은 하기 어렵다. 아름다운 예술, 편안한 예술, 이지적인 예술, 충격적인 예술, 고상한 예술, 신비 스런, 현란함, 슬픔, 쟁투, 계몽 등, 종류도 다양하지만 간과할 수 없는 것은 관람자의 주관이다. 작품을 감상하는 것은 그 작품에 대한 모든 것을 알기 위함이 아니다. 작가가 펼쳐놓은 정신세계 의 가치를 찾고 음미하며 공유하는 것이다. 작품이 뿜어내는 유쾌함과 슬픔, 아픔, 분노, 새로움, 놀라움, 삶의 이면 등을 함께 경험하고 나누는 것이다.

좋은 감상자는 작가를 맹신하지 않는다. 하여 작품의 숙명이 감상자의 사명으로 결정되기도 하는 것이다. 선생을 믿기보다 선생이 전하는 말 속의 진리를 믿어야 하듯, 손가락이 아닌 달을 볼 수 있어야 한다. 분명한 것은 쌍방이 고루 투명하고 진솔하고 진중할 때 예술은 더 큰 환기와 감동으로 다가올 것이다.

2007년 3월, 쿠크다스를 먹고

한 그루의 나무와 같이

10여 년 전 가깝게 지내던 한 작가에게 이론과정 학위를 하자고 하니 손사래를 친다. 작가는 작업(조형)만 하면 되지 뭣 하러 유난을 떠냐고. 지적 허영심은 아니냐? 학비와 시간 낭비이니 박사 타이틀이란 치명적인 유혹에 넘어가지 말라며 말린다.

예술은 감성의 틀이자 학문이 바탕이라는 생각에 반색하던 그의 충고를 귓등으로 흘려보냈다. 예술창작은 선행연구와 학문에 상당한 빚을 지고 있다. 작가에게 반드시 필요한 것은 아니지만 하지 않으면 안 되는 것이 학문(이론공부)이다. 준비된 토양에서 튼실한 열매가 열리는 것과 같은 논리이다.

모든 학문은 나무와 같다. 어떤 방식으로든 그물망처럼 서로 연결되어 있다. 가지 사이로 난 간극이 있을 뿐 무수한 가지들은 하나의 뿌리로 연결된다. 이를테면 천문학은 과학이 바탕이고 과학은 수학이나 물리학으로 연결된다. 물리학은 철학으로 이어지고 철학은 예술과는 불가분하다. 예술은 또 역사를 무시할 수 없고 사회학에도 기댄다. 결국 하나로 이어진 한 그루의 나무와 같다.

어느 날 사석에서 작가들을 무식한 사람으로 몰던 모 신문사 기자의 편견이 가슴에 맺힌다. 학부 때 교직과목 담당 교수님도 타과생들에 비해 미대생들에겐 낮은 수준의 질문만 하던 것도 기억난다. 예술가 추방론을 주장한 플라톤 때문일까? 그러나 이 모든 현상이 편견에서만 비롯된 것인지는 곰곰이 생각해볼 일이다.

서구 15세기 르네상스시대 화가들이 적확하기는 했지만 효과에 몰두했던 것처럼 현대에도 테크닉에만 골몰하는 작가들이 있다. 그러나 뛰어난 묘사력(황금분할, 원근법, 카논 음영법 등)은 시각적인 안정감은 주지만 현대가 요구하는 것들과는 거리가 있다.

미술은 과거에서 벗어나려는 혁명으로 생명을 이어왔다. 대중이 겸비한 예술적 안목도 상당한 수준이다. 변화무쌍하다. 미학·미술사를 꿰뚫고 비교 선택하는 능력들도 탁월하다. 때문에 작업을 하는 입장이라면 무엇은 하고 하지 말아야 한다는 생각은 바람직하지 못하다. 이론이든 실기든 인접학문이든, 부족하다고 느끼는 부분을 채우며 깨닫고 실천하는 것이 옳다. 튼실한 하나의 예술나무로 성장하기 위한 발판 마련은 예술가 스스로가 찾아 갈고 닦아야 한다.

현대가 겪고 있는 취업대란과 자본의 논리에 예술의 본래 목적이 매몰되어서도 본령은 요원해진다. 독서삼도(讀書三到 : 心到, 眼到, 口到)와 같이 경험하고 읽고 생각하고 거르고 집중하여 우려내야할 예술이다. 모두가 하나의 상아탑을 이룰 때 더욱 윤택해질 예술이다. 예술의 뼈대는 정신이기 때문이다. 갈고 닦아 무르익은 다음에 내보여도 쓰레기 취급받기 일쑤이다. 그래서 예술의 길은 멀다. 큰 그늘 드리울 고목의 세월처럼 더디다. 기초 학문보다 더 중요한 것은 마음의 눈을 뜨는 일일 것이다.

2005년 7월, 책장 정리 후

자녀 미술교육을 위한 제안

　미술은 또 하나의 언어랍니다. 개개의 직관과 삶의 경험이 매체를 통해 나타나는 감각적 언어이지요. 과학과도 일면 상통합니다. 과학이 논리적 규칙을 통한 전달이라면 미술은 이보다 더 직접적이고 구체적인 것입니다. 왜냐하면 양상들 자체에 주목하기 때문이지요.

　미술은 또한 다양한 학문들과 연결되어 있어요. 이성적이고 논리적이며 객관적인 과학뿐만 아니라 철학이나 사회학과도 무관하지 않습니다. 하여 미술하기를 원한다면 인접 학문과의 연계성도 간과할 수 없습니다.

미술활동의 강조점은 머리와 가슴과 손의 일체라 할 수 있어요. 머리로 생각하고 손으로 표현하며 가슴으로 느껴야 한다는 뜻입니다. 간혹 미술을 단순히 손재주를 늘리기 위한 수단이라고 생각하는 이들이 있어요. 그것은 손재주, 즉 '기술skill'을 익히는 것이지 '미술美術'을 한다고 할 수 없지요. 물론 동양에는 사혁(謝赫, 479~510)의 화육법(畫六法 : 기운생동氣韻生動, 골법용필骨法用筆, 응물상형應物象形, 수류뷰채隨類賦彩, 경영위치經營位置, 전이모사轉移模寫)이 있고, 서양에는 원근법과 투시도법, 음영법, 캐논의 규칙 등이 있습니다. 황금분할과 비례를 중요시한 고전주의 예술양식도 있습니다.

그러나 현대는 많은 것이 달라졌어요. 급속도로 성장 발전하는 사회 변화에 발맞추어 사람들의 인식과 관심도도 예전과는 사뭇 다릅니다. 미술교육도 획일적이고 일방적이며 기술위주의 주입식 교육을 지양하는 추세랍니다. 이를테면 미술 교육론의 4대 원론인 DBAE(Discipline-Based Art Education)는 미술실기art making, 미술비평art criticism, 미술역사art history 그리고 미학적aesthetics 접근의 통합적인 방법을 모색합니다. 완벽하진 않지만 다양한 경우와 가능성을 열어둔 미술교육이지요.

이러한 미술활동은 자유롭고 즐겁게 임할 때 효과가 높습니다. 놀이를 할 때와 같은 마음가짐과 태도라면 좋겠지요. 그렇다고 무질서를 의미하는 것은 아닙니다. 자유에는 책임이 따르듯 지켜야할 기본 수칙의 준수는 중요해요. 집중하지 않을 경우, 계획대로 결과물이 완성되지 않기 때문이지요. 주의집중하다 보면 높은 완성도는 물론 지구력도 생깁니다. 대화나 형식적인 모방 속에서도 창의력은 발원됩니다. 특히 미술이 생활 속의 놀이나 대화로 자리 잡는다면 괴리감은 줄어들 것입니다.

　모든 일에는 원인과 결과가 있는 것처럼 미술도 그래요. 특히 미술활동은 동기와 과정이 중요한데 겉으로 드러난 결과만으로 미술작품을 평가하는 것은 반쪽짜리 평가나 감상이라 할 수 있어요. 아이의 창의성과 개성을 존중해야 합니다. 그렇게 표현된 형식이 어떤 동기와 내용을 지니며, 결과에 도달하기까지의 과정은 어떠하였는지를 살펴보는 것이 중요해요. 방법은 주제를 제시한 후 주제와 연관된 형식으로 이끌고 아이와 감상자 또는 지도자 간에 자유로운 대화로 표현방법 및 생각을 공유할 수 있도록 하는 것이지요. 그 과정은 타인의 의견수렴 및 자아성찰까지도 기대할 수 있답니다.

　숙련된 어른의 기술이 어린이의 화면을 거침없이 점령하는 일은 삼가야합니다. 빠른 결과를 얻기 위한 어른들의 성급하고 위험한 행동이지요. 미숙한 표현이라도 무한한 상상력과 가능성을 지닌 어린이들의 개성이 방해받지 않고 자랄 수 있도록 지켜주고 독려해야합니다. 고유한 창의성과 독창성이 잘 표출되도록 기다려주어야지요. 물이 끓을 대로 끓어야 맛있는 밥이 되는 것과 같은 원리입니다.

　아이들 저마다의 생각을 존중하고 기다려주어야 할 의무는 아무리 강조해도 지나치지 않습니다. 백지 같은 아이들에게 그들만의 고유한 색이 고루 입혀지길 기다려주는 여유는 선생님과 부모님들의 책무랍니다.

2004년, 특강 후

작품은 원풍경原風景 노트

　작업을 하고 글을 쓰고 작가들의 작품을 읽으면서 원풍경原風景에 관심을 가졌다. 삶에서 더 확실해지는 원풍경에 대한 단상을 정리해 소논문으로 정리하기도 하였다. 원풍경은 눈으로 식별되는 형식적인 것만 의미하지 않는다. 안과 밖, 내용과 의미 모두를 포함한다. 이것은 비단 미술 작품에만 국한되지 않는다. 삶이 곧 예술이라고 볼 때, 작가의 원풍경은 작품으로 드러나게 마련이다. 삶의 씨줄과 날줄이 문맥context과 질감texture처럼 원풍경에 녹아날 때 작품의 의미도 그에 따른다.

　살다보면 우리는 수많은 기억을 간직하게 된다. 기억들은 대부분 과거시점이다. 대상의 소멸 혹은 상실로 인해 그 부재를 인지할 때이기 때문이다. 다양한 경험은 시간의 흐름에 따라 변형되고 축적되며 어렴풋하거나 불투명한 기억으로 저장된다. 또는 새로운 의미로 선명하게 인지되거나 다른 기억과 차별화되기도 한다.

　'경험은 어떤 사람에게는 상상적 사유의 기본적 속성 중 하나인 자발성을 지니고, 경험의 상상적 성격은 통제 없이도 존재한다. 경험은 다른 정신적 상태, 즉 생각, 감정, 욕구 등과 구별할 수 있는 특성의 하나인 것이다.'

Roger Scruton著, 김경수譯, 건축미학, p.104

그 중에서도 특별한 경험과 기억은 그 의미가 다른 것으로 대체될 수 없는 유일한 것으로 인지된다. 기억의 매개체는 사물에만 한정되지 않고 소멸된 대상을 떠올리게 하는 모든 것들이다. 이를테면 소리, 질감, 냄새, 맛, 감정, 시간, 운율, 색깔 등 공감각적이며 광범위하다. 소멸대상의 의미가 클수록 영향력도 비례한다. 이런 기억 속의 대상들이 곧 원풍경이며, 지각되는 단편은 원풍경 조각이다.

매 순간 변하는 자아는 현실과 기억 속에서 무의식이나 의식적으로 숨을 쉰다. 말을 하고 음식을 먹고 보고 듣고 경험한다. 이런 것들이 평범하거나 특별하게 또는 자신도 모르는 사이에 뒤섞이고 순차적으로 새겨진다. 작가는 이러한 원풍경을 작품으로 표출한다. 이때 시각적인 물감의 두께는 붓 터치나 스쳐지나간 텍스쳐이지만 시간의 기록인 셈이다. 하여 관람자는 작가의 작품이 불러일으키는 경탄 너머에서 최초의 무엇을 감지하게 된다. 그 최초의 경탄은 세계와 몸이 마주치는 사실로

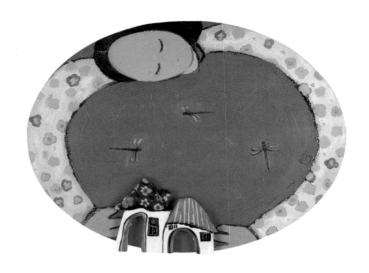

부터 비롯된다. 그것들의 주요 단서가 원풍경이다.

시지각과 보이는 세계로부터 뭔가를 구하기 위해 사유에 요구하는 것은 풍경이다. 메를로퐁티는 "전에 이미 눈을 통해 마음을 사로잡았던 풍경, 그 풍경 속에는 근경이 원경으로 퍼져나가고 원경이 근경을 아른거리게 하는데, 풍경 속에서는 사물들의 현존이 부재의 토대 위에 있고 존재와 현상이 교환된다."고 역설한다.

작품도 같은 맥락으로 이해할 수 있다. 작품은 작가의 다양한 사연이 녹아난 공간, 즉 원풍경 노트인 셈이다. 과학과 기술이 논리적 규칙에 근거한 것이라면 예술은 어떤 특정 주제에 관해 극단적으로 몰입하고 이해한 후 그것을 표현해내는 것이다. 그것은 마치 빛의 목소리처럼 알아듣기 힘든 외침이다. 그 외침이 숨겨진 힘들을 간직한 일상적 시간 속에서 존재 이전의 preexistence先在 비밀을 일깨운다. 그 비밀이 곧 원풍경이다. 하여 원풍경 노트가 정화되지 않은 감정의 낙서장이 되어선 곤란하다. 정리를 잘해야 보기 좋고 읽기도 좋은 근사한 노트가 되는 것이다.

대구미술비평연구회 스터디 후

정리정돈은 삶의 필수 항목이다. 진즉 했어야할 일인데 게을렀다. 내일은 내 마음속
의 잡다함을 분리하여 버리고 정리정돈 할 차례다.   – '삶의 필수 항목' 중

삶의 필수 항목

또 잔소리다. 쌀자루를 부엌으로 옮기던 남편의 잔소리다. 평소엔 아무 말 않다가 무거운 짐을 옮기자니 발끝에 걸리는 것들이 불편했던 모양이다. 그럴 만도 하다 싶다. 어머니가 주신 장 단지부터 부러진 문살, 이 빠진 그릇과 접시, 마른 조롱박에 치자와 양파껍질 자루까지. 작은 공간에 비해 보관해둔 것들이 많다.

미안한 마음이 들어 정리정돈을 청했더니 마지못한 듯 버릴 것을 가려준다. 문제는 실컷 가려놓은 것 중에는 버릴 것이 하나도 없다는 것이다. 금 간 접시는 파레트로, 치자나 양파껍질은 염색 재료로, 문창살은 작품의 오브제로 쓸 것이다. 쾌적한 환경을 위해서는 진즉 버렸을 쓰레기들이 내겐 쓸만한 작업 재료들이니. 그 중에는 몇 년째 보관만 해 온 것들도 있다. 아무리 생각해도 너저분한 환경은 버리지 못하는 습관 때문인 것 같다.

분리수거장을 지나다가 재활용할 가치가 있는 물건이 보이면 쓸 만한지부터 살핀다. 내겐 필요치 않아도 다른 작가들에게 나눠줄 생각으로 챙겨오곤 한다. 그때마다 듣게 되는 잔소리가 이젠 익숙하다. 남편은 공간 활용을 잘못하면 혼잡해지는 아파트니 제발 집착 좀 버리라고 야단친다. 작가에겐 폐품이 작품으로 재탄생될 때 큰 보람이

다. 그러나 정리가 필수라는 남편 말에 동의하며 버릴 것을 과감하게 버린다. 말끔해진 베란다를 보니 마음 개운하다. 내일은 마음속의 잡다함을 분리수거하고 정리정돈 할 차례다.

2011년 5월, 거실에서

냉장고 정리 후

　냉동실을 정리하다가 그만 한숨 쉬고 말았다. 냉동실에 가득한 제사 음식을 보고 흠칫 놀랐다. 귀한 음식 앞에서 할 말은 아니지만 언젠가부터 제사 음식은 피하고 싶은 음식이 되고 말았다.

　1월초, 약속처럼 두통이 또 찾아왔다. 호환마마보다 무섭다는 명절 증후군이다. 결혼 전엔 몰랐는데 결혼 후엔 고질병이 되고 말았다. 일 년에 열 번, 제사와 생신 상을 손수 장만하는 시모님의 부지런함은 자랑할 만한 가풍이다. 가정의 평화에 숨죽이며 시모님을 묵묵히 따르고 돕던 며느리는 제 몸 고단함 쯤은 괘념치 않았다. 그러나 힘겨움이 도를 넘던 날 몸저 눕고 말았다. 강 건너 불구경하듯 하던 남편의 태도가 더 가관이다. 그때 만큼은 남편이 아닌 방관자다. 가부장적 토양에서 나고 자란 한국 남성들에게는 하등 문제될 것 없는 일일 것이다. 하여 남편만을 나무랄 수도 없다. 끝내 며느리의 피로는 화로 돌변했고, 마땅히 하소연 할 곳 없던 며느리는 애꿎은 남편만 들볶는다. 이때 불화의 불쏘시개는 제사였을까? 무심한 남편이었을까? 아니면 집안일에 성심을 다하지 못한 며느리였을까? 아침부터 삶고 튀기고 부친 음식을 홍동백서, 조율이시에 맞춰 상에 높이 쌓고 지낸 제사는 다음날 새벽에야 끝이 난다.

농경문화의 유습인지 유교적 관습인지 1950년대 말에 본격화된 가정의례준칙인지는 잘 모르겠다. 주자가례에 명시된 것인지도 잘 모르겠지만 빠른 디지털시대를 사는 현대인들에게는 설득력이 떨어진다. 결코 제사를 부정하거나 조상님 존재 자체를 무시하고픔은 아니지만 풍습의 지형도를 재검토하자는 의견이다. 가정과 사회 할 것 없이 과하거나 불합리한 형식과 관행은 현실에 맞게 개선될 필요가 있겠다. 예컨대 드라마 〈가문의 영광〉처럼.

　드라마 〈가문의 영광〉을 주목한 것은 전체 스토리의 골격 때문이다. 현대의 빠른 템포에 맞선 고루하고 진부한 줄거리일거라는 선입관과는 달리 미풍양속을 통해 한국인의 삶, 즉 뿌리와 가족결속의 원천을 재조명하는 진면목이 있다. 종갓집을 통한 가족의 뿌리와 미풍양속에 대한 자각, 가족의 사랑을 위트 있게 그려낸 드라마다. 매달 한 번씩 지내는 제사에 경건한 마음으로 동참하는 가족들의 태도는 서로에 대한 배려와 존중이 바탕이라 본받을만하다.

　전통이란 그 민족의 삶과 미의식의 총합이다. 때문에 저마다의 사정과 환경을 무시한 채 계승될 전통이라면 그 진가는 힘이 약하다. 미풍양속美風良俗은 현실과 상응하며 지켜나가야 할 아름다운 풍습이기 때문이다. 가풍마다 차이는 있겠지만 유연성이 요구된다. 여성의 일방적인 희생보다 가족구성원 전체의 진심어린 동참이야말로 미풍양속을 더 아름답게 지켜내는 주춧돌임을.

2003년 3월, 바람이 분다

노년의 장점

한 여교수님이 곧 정년퇴직을 앞두셨다. 연세만큼이나 정숙함과 고아함이 무르익은 그분과 점심약속을 한 것은 며칠 전이다. 약속 당일 장소를 정하려고 수화기를 들었는데 영 불통이다. 몇 번을 호출해도 묵묵부답이더니 한참 후에야 전화가 왔다. 이유는 약속을 까맣게 잊고 있었다는 것이다. 미안하다며 안절부절 못하는 모습을 보자 내가 더 미안할 지경이다. 평소 그분의 인품으로 보아 농담 아닌 것은 분명했다. 우리는 곧바로 조금 늦은 약속을 다시 챙겼다.

나이 들어간다는 것엔 망각도 포함된다. '젊어서 알 수만 있다면 늙어서 할 수만 있다면'이란 독일 속담과 '늙어가면서 노인이 되지 말고 어른이 되라'라는 말은 나이를 어떻게 먹어야 하는지를 일러준다. 그러나 시니컬한 젊음보다 노년이 좋은 이유는 '눈 나빠지니 먼 것만 볼 수 있고 보고픈 것만 볼 수 있어서'라고도 한다.

"봄꽃도 예쁘지만 가을 단풍도 아름답다."고 한 법륜스님 말씀의 요지는 삶의 연륜과 깊이에 대한 가치일 것이다. 사계절을 품으면서도 때가 되면 맨 몸 드러내기를 주저하지 않는 고양된 겨울 가지는 또 어떤가. 잊지 못해 힘들 때 잊음으로 득 되는 일도 많다. 뭐니 해도 노년은 지혜의 보고이다. 그러니 젊은이들은 노년의 조언에 귀 기울일 일이다.

2010년 4월, 행주를 삶고

맵다 매워

오랜만에 만난 최 선생님의 표정이 어둡다. 한 여인의 시린 사연을 풀어놓았다. 그는 간호조무사이고 남편과 사별하여 아이와 단 둘이 살고 있는 슬픈 여인이다.

어제는 그 여인의 아들이 초등학교를 졸업했다. 공교롭게도 졸업식과 여인의 근무시간이 겹쳐 여인은 졸업식장에 갈 수가 없었다. 마침 비번이던 최 선생님이 그녀를 대신해 식장에 가 졸업을 축하해주었지만 모자母子가 느꼈을 허전함을 채우기에는 부족했다. 여인의 퇴근시간에 맞추어 세 사람은 다시 모였고 약속이나 한 것처럼 눈물 밥을 먹었다.

홀로 졸업식장에 앉아 있던 아이의 쓸쓸한 뒷모습과 여인의 애잔한 삶이 오버랩 되던 그날 밤, 최 선생님은 잠을 이룰 수 없었다. 고단한 몸으로 출근을 했지만 왠지 정시에 퇴근하고 싶더란다. 그동안 대가도 없는 연장근무를 마다하지 않았는데 한 치의 연민과 배려를 모르던 조직사회의 비정함이 싫어진 것이다. 그 심정을 헤아리지 못한 직장 상사는 처음으로 정시에 퇴근하는 최 선생님을 의아한 눈으로 보더란다.

　의사의 부주의로 두 시간이나 행방이 묘연해진 수술 도구 하나를 찾아 헤맨 간호조무사들의 사연도 듣는다. 책임 아닌 책임까지 져야 하는 그들의 낮고 열악한 현실이었다. 아픈 몸을 치료하는 의사가 아픈 마음을 더 아프게 하지는 않는지. 봉사와 희생은 지위나 물질이 아닌 진심어린 마음에서 우러나오며 대가조차 바라지 않는다.

　여인의 안타까운 사연을 듣던 마음이 그들 가까이에 가 있었지만 입을 뗄 순 없었다. 모자를 위로할만한 말도 생각했지만 차마 전할 수 없었다. 당사자가 아니면 실감하지 못할 시리고 아픈 가슴이다. 그 어떤 미사여구가 위로가 되겠는가. 어느 트롯 가수의 노랫말처럼 세상살이가 인생살이가 고추보다 맵고 맵다. 매운 삶을 살아내야 하는 그 여인에게 류근 시인의 시 한 구절을 전하고 싶다.

　"하늘이 함부로 죽지 않는 것은 아직 다 자라지 않은 별들이 제 품안에 꽃피고 있기 때문이다... (하략)". 류근 <반성> 중

2011년 2월 18일, 세상이 잠든 밤

소심한 부탁

　가끔 혼자 전통시장을 찾곤 한다. 전통시장은 소시민들의 삶과 문화적 코드를 가늠할 수 있는 삶의 현장이다. LED 불빛으로 화려하게 포장된 백화점이 팔등신 모델 같다면 전통시장은 편하고 푸근한 옆집 이모 같다고 할까. 시장기가 돌면 시끌벅적한 노점에 앉아 먹는 냄비국수나 매콤한 양념어묵도 시장에서만 맛볼 수 있는 정겨운 음식이다. 쫄깃한 납작 만두와 달달한 호떡도 노점상의 특별 메뉴다. 흥정과 깎는 재미, 게다가 덤의 문화가 숨 쉬는 장터는 동전 한 닢의 소중함이 지극해지는 곳이다. 꾸밈도 격식도 없이 활기가 넘치는 곳, 다양한 볼거리와 각종 작업 재료를 살 수 있으니 일석이조다. 내가 종종 전통시장을 찾는 이유이다.

　오늘도 그 시장엘 다녀왔다. 그런데 시장은 온통 회색빛이다. 전과 사뭇 다른 분위기였지만 마음먹고 왔으니 작업 재료를 살 생각으로 천 가게와 종이 가게를 기웃거렸다. 가격과 질을 따져가며 물건을 살피는데 마음은 불편하다. 상인들의 친절 속에 따라 든 눈빛이 더 사주길 부탁하는 것만 같다. 천 몇 조각과 종이 몇 장만 살 떠내기의 양심일까. 어떤 가게 주인은 귀찮다는 듯 대놓고 다른 가게에 가보라고 한다. 내심 무안했지만 겨우 천 몇 장만 살 내 모습이 그들에게는

사치로 비춰지진 않을까하여
이해하기로 했다. 치열한 삶
의 현장에선 모든 언행이 조
심스럽다.

　종일 발품을 팔아 구입한
작업 재료를 들고 집으로 왔
다. 집에 와서는 맘 고생을 사
서 했다며 남편의 핀잔세례까지 듣는다. "저마다 살아가는 방식이 다
른데 지나치게 남을 의식하는 자네의 태도가 걱정일세, 저러니 없던
병도 불러요."라고.

　오늘따라 남편의 덤덤한 성격이 부럽다. 그래도 사라지지 않는 이
마음의 찌꺼기는 무얼까? 공감일까? 위선일까? 아니면 최소한의 양
심일까? 어쩌면 아웃사이드만이 느끼는 열등감인지도. 작가나 노점
의 상인이나 핵심권력의 아웃사이드인 것은 마찬가지다. 묘한 동지의
식에 연민이 인다. 이런저런 생각으로 패잔병 이 된 하루. 매스컴은
오늘 새 정부가 시작된다고 난리다. 나는 TV 앞에서 두 손을 모았
다. 그리고 소심한 부탁을 한다.

　"새 정부님! 오늘 하신 약속처럼 작가도 상인도 모두 잘 사는 복된
나라 되게 해주세요."라고.

2008년 2월 25일, 새날

특권

대안 공간 지하GiHa 전시실에서 당번을 서던 날, 70평 남짓한 지하에서 몇 시간이나 혼자였다. 흐린 날씨 때문인지 관람객은 한 명도 없다. 습한 기운은 싫었지만 혼자인 건 나쁘지 않았다. 내 키보다 몇 배 높은 전시실 출입문부터 활짝 열었다. 지상으로 가려면 25칸의 계단을 올라야하는 꽉 막힌 지하. 흔한 햇빛도 고개를 쳐들고 보아야만 겨우 볼 수 있는 눅눅한 전시실이다. 먼저 햇빛을 구했다. 그러나 바깥은 온통 음陰 기운뿐. 하늘은 빛 대신 아른거리는 회색빛 빗방울만 쉬지 않고 내려 보냈다. 그 순간만큼 지상의 모든 것은 이미 양陽이다. 이것은 음陰 기운 가득한 지하에서나 내릴 수 있는 결론이다.

지하와 지상의 경계를 이어주는 매개체는 비뿐이다. 비는 소리를 감추고 가녀린 실루엣만 나타났다 사라지기를 반복한다. 양이 늘어난 비를 따라 타닥거리는 볼륨도 불규칙적이다. 비의 총량과 소리는 짐작으로 가늠할 뿐 컴컴한 지하에서는 전혀 들을 수 없다. 그러나 귀는 빗소리를 용케 직감하여 듣는다. 참으로 신묘한 현상이다. 조형 심리학 시간에 학생들에게 말한 '경험에 의한 조형인지'를 떠올렸다.

잦아지는 빗방울은 계산을 멈추게 한다. 그때 '나'를 보고 싶다는

생각이 불쑥 올라왔다. 오롯이 혼자 있
을 때 자기를 잘 볼 수 있다는 스님 말
씀이 생각난 것이다. 눈부터 감았다. 누
가 보았으면 좀 우스웠을 꼴이겠지만 나
름 진지했다. 한참을 그렇게 눈 감은 채였
는데 문제는 감긴 눈에 가려진 세상이 아니었
다. 내 안의 내가 오리무중이다. 아주 큰 것은 보
이지 않고 아주 큰 소리도 들리지 않는다던데 보이고 들리는 것이 너
무 많다. 오히려 내면이 어수선하고 복잡하다. 이내 변화무쌍한 세상
과 동행이 그립다.

　애초 어설프게 덤비는 게 아니었다. 고독한 순간이든 고요한 순간
이든 진정으로 나를 만나기란 쉬운 일이 아님을 깨닫는 순간, 다만
살아있음이 특권이란 생각에 번쩍 눈 뜨고 말았다. 비에 가려진 희
미한 빛 알갱이 하나, 하나. 그 빛으로 채워진 세상이 반갑기만 하
다. 세상의 변화무쌍함을 누린 것은 고마운 일이었다. 내게 주어진
모든 것은 이미 특권이었다. 음과 양을 구하고 조절한 특권, 싸늘한
무덤이 아닌 따뜻한 집에서 산 특권, 서로 사랑한 것 모두 살아있기
에 누릴 수 있는 특권이었다. 해서 '삶=특권'이란 결론을 내린다. 나
는 지구에서 사랑하는 이와 더불어 산 특권자다. 특정한 장소나 특
별한 형식이 필요치 않은 지금 여기 이 순간 이대로의 삶, 그것이 특
권이다.

2010년, 비 그친 밤

숙맥 같은 사람

　은행에서 차례를 기다리며 펼쳐든 잡지에서 반가운 이름을 만났다. 〈지란지교를 꿈꾸며〉의 저자 유안진 시인이다. 여고시절 밤을 새워 읽었던 글이었기에 시인의 이름을 보자 정든 옛 친구를 본 듯 반갑다. 이어 익숙한 단어도 발견했다. 바로 '숙맥'이다. 숙맥은 좀 모자란다는 뜻인 줄 알고 있었지만, 잡지는 콩과 보리(콩菽 보리麥)도 구분 못하는 어눌한 사람이란다. 유 작가님은 '뭔가 조금 모자란 듯 하지만 인간미가 느껴지는 사람'이라는 뉘앙스를 따뜻한 어조로 새겨두었다. 순간, 지인들이 스쳐갔다.

　진솔한 사람, 똑똑한 사람, 진중한 사람, 배려 깊은 사람, 베풀 줄 아는 사람, 멋있는 사람, 현명한 사람, 지혜로운 사람, 교양 있는 사람, 신중한 사람, 해박한 사람, 단순한 사람, 약속을 소중히 여기는 사람, 담백한 사람, 감수성이 풍부한 사람, 묵묵한 사람, 소탈한 사람, 겸손한 사람, 영혼이 맑은 사람, 마음이 따뜻한 사람, 눈빛이 깊은 사람, 미소가 아름다운 사람, 마음이 고운 사람, 여유로운 사람, 경박하지 않은 사람, 심지가 곧은 사람, 의리 있는 사람, 고독을 즐길 줄 아는 사람 등 무수하다.

　지인이 보내준 이 글은 볼 때면 나는 어떤 사람인가 하고 돌아보게

된다. 대략 뜨끔하다.

　"가장 나쁜 사람은 잘못한 일에도 꾸짖지 않는 사람이고, 가장 해로운 사람
은 무조건 칭찬만 해주는 사람이다. 가장 어리석은 사람은 잘못을 되풀이 하는
사람이고, 가장 거만한 사람은 스스로 잘났다고 설쳐대는 사람이다. 가장 가치
없는 사람은 인간성이 없는 사람이며, 가장 큰 도둑은 무사 안일하여 시간을
도둑질하는 사람이다. 가장 나약한 사람은 약자 위에 군림하는 사람이고, 가장
불쌍한 사람은 만족을 모르고 욕심만 부리는 사람이다. 가장 불행한 사람은
불행한 것이 무엇인지 모르는 사람이고, 가장 불안한 사람은 마음의 안정을 찾
지 못하는 사람이다. 가장 가난한 사람은 많이 가지고도 만족하지 못하는 사람
이고, 가장 게으른 사람은 일을 뒤로 미루는 사람이다. 가장 우둔한 사람은 먹
기 위해 사는 사람이고, 더 이상 배울 것이 없다고 자만하는 사람이며, 가장 큰
망언자는 부모님께 불효하는 사람이다. 가장 어리석은 정치가는 물러날 때를
모르는 사람이고, 가장 무서운 병을 앓고 있는 사람은 정신병을 앓고 있는 사
람이며, 가장 파렴치한 사기꾼은 아는 사람을 사기 치는 사람이다. 가장 추잡

한 사람은 양심을 팔아먹는 사람이고, 가장 큰 배신자는 마음을 훔치는 사람이며, 가장 나쁜 사람은 나쁜 일인 줄 알면서도 나쁜 일을 하는 사람이다."

모두 저마다의 방식과 습관대로 살아간다. 인드라망처럼 미묘하게 얽힌 인간관계가 놀라울 따름이다. 어느 심리학자는 서로 연대감을 형성하고 관계욕구를 충족시키며 사는 세상에서 분별심으로 옳고 그름을 가르기 전에 양면을 진중히 보고 인정하는 것이 중요하다고 조언한다. 그럼에도 불구하고 나는 진솔하면서도 조금은 숙맥 같은 사람이 매력적이다.

2013년, 겨울

봄 길을 걸어

꽃샘추위를 따라 불청객이 또 찾아왔다. 따끔거리는 목 때문에 자다가 깨다가를 반복했다. 코 벽이 헐 정도로 코를 푼 것이 깊이 잠들지 못한 이유였다. 결국 일어나 앉은 새벽, 숙면을 취하지 못한 몸이 문어처럼 늘어진다. 누운 채로 책을 펴들지만 눈 따로 글자 따로다. 내용이 안 들어오니 책을 봐도 소용없다. 이내 어둠이 걷힐 테니 일어나 걷자. 간이역에 잠시 머물다 가는 기차처럼 오는 봄을 놓칠까봐 몸을 일으켜 산책길로 나섰다. 겨울잠에서 막 깨어난 파충류처럼 느린 걸음에 대응이라도 하듯 출근길이 바쁜 자동차들이 경적을 울린다. 하나같이 날쌔다. 가로에 늘어선 겨울가지는 어느새 꽃물을 머금었다. 느릿느릿 신호등을 지나 목적지에 닿았다. 상춘객들이 솔숲으로 속속 몰려든다. 몰려든 발자국 소리에 아침도 하품하며 깨어난다. 우뚝 솟은 앞산이 윤곽을 드러내니 몸에도 산 높이 같은 기운이 차오른다.

조금 일찍 봄 마중 나온 새싹들이 바람에 움츠린다. 쌀쌀해질 내 속살인 것만 같아 자꾸 옷깃을 여민다. 가지 끝에 달린 산수유 꽃망울을 올려다보다가 파란 하늘과 마주쳤다. 다림질해 놓은 듯한 하늘에서 햇살이 내려와 내 볼을 마구 비빈다. 바람은 친구 같은 솔향기를 데려왔다. 그 옆에 돋아난 복스러운 우윳빛 벚꽃망울과 무리지은 진달래도 곧 터질 태세다. 딱딱한 땅껍질을 뚫고 올라온 뾰족한 원추리 옆 낙엽 냄새는 에소프레소 향을 닮았다. 새소리 바람소리 도랑물 흐르는 소리 모두 정답다. 봄 길을 걷다보면 규칙처럼 계절을 맞고 보내는 자연이 더욱 신비롭다.

청정한 공기는 깊게 들이고 날숨에는 감기를 내보낸다. 막혔던 코가 뻥 뚫린다. 멍한 머리도 맑아진다. 겨울을 벗고 움터 오르는 봄처럼 심신의 근육도 제 자리를 찾아간다. 평범함이 경이로움으로 바뀐다. 오던 길에서 만난 비둘기의 뒤태처럼 내 기분도 통통하게 살이 찌는 아침. 나는 봄이 데리고 온 흔적들에게 흠결 남지 않도록 조심하며 집으로 온다.

2011년 3월, 꽃비가 올 것 같은 하늘을 올려다 보다가

도취삼매

 눈이 내린다. 드물게 내려주는 반가운 눈이다. 하늘에 구멍이라도 뚫렸을까. 온종일 내린다. 체에 거른 쌀가루 같은 고운 눈이 비의 속도로 내리더니 두루뭉술한 목화송이처럼 커진다. 속도를 늦춘 눈송이를 따라 내 눈길도 느려진다. 눈동자는 커지고 초점마저 흔들린다. 까만 눈동자가 흰색으로 물이 든다. 온 마을이 화이트홀로 빨려들 때 우리 집도 통째로 흰 눈 속에 잠겼다. 감성은 이내 새하얀 색, 감각이 원초적인 감성을 초월하진 못해도 그 순간만큼은 도취삼매다.

 인적 드문 도로가 높이를 더하더니 잠든 아가 눕히고픈 하얀 솜이불 되었다. 관리사무소 갈색 지붕도 포근한 침대보로 변했다. 언덕배기 아카시아 나무들도 흰 솜 털옷을 입는다. 늦가을까지 분주하던 동그란 까치집 지붕도 높이를 더하고 멀뚱히 섰던 가로등도 흰 모자를 눌러 썼다. 오랜 외국생활 중인 친구 계향이가 입었던 순결한 웨딩드레스 닮은 빛, 온화한 성모상 빛. 미국에 간 친구 은희가 들려주던 들국화 노래 빛, 어머니 얼굴에 곱게 펴 바르시던 향긋한 크림색 빛, 잠든 아가 젖 내 나는 뽀얀 베갯잎 색으로 내리는 눈.

 세상이 온통 흰 도화지다. 아이들은 그 위에서 뒹굴고 어른들은 동심으로 돌아가고, 나는 처음 같은 화가가 된다. 회색빛 겨울의 명

도를 높여주던 눈의 포로가 된 하루. 하얗게 내 마음 씻어준 것만도 벅찬데 해 오르니 반짝이기까지 한다. 반짝이는 눈은 순수를 말하지 않았으나 나는 눈의 순수에 푹 빠지고 말았다. 만약 눈이 보라색이 었다면 나는 보라색의 포로가 되었겠지?

2010년 12월, 눈 집에서

순간의 소중함

한 해의 끝자락은 냉정하기만 하다. 달랑 달력 한 장만 남긴 채 미련도 없이 돌아서는 것을 보면 알 수 있다. 40번 남짓 한 해를 마감하고 보냈지만 가는 해는 매번 아쉽다.

자욱한 먼지처럼 잡히지 않는 과오가 주변 탓인 것만 같다. 힘든 시간 밀려오면 조급증에 내달렸다. 풍연심風憐心에 흠집만 남겼다. 무리 속에서 선명하던 목소리가 소음은 아니었는지. 주워 담지 못할 말들, 고치지 못한 표정들, 아끼지 못했던 시간, 회환 가득한 불혹이다. 삶은 늘 손의 안팎처럼 양면을 유지했다. 어느 면이 안이고 어디가 밖인지 모르지만 마주 붙어서 서로를 선명하게 드러낸다.

돌아보니 한 해, 한 달, 하루, 한 시간은 모두 찰나였던 것 같다. 지나고 보면 모두 다 짧고 아쉽다. 그러나 한 해가 간다고 아쉬워할 것도, 새해가 온다고 특별히 새로워야할 이유는 없다. 매 순간을 처음처럼 살아야할 이유만 있을 뿐이다. 걷다가 힘 풀리면 잠시 숨 고르다가 다시 중심 잡고 가던 길마저 가면 된다. 놓였던 길 가르고 새 길 내던 설렘으로 가면 되는 것이다. 가득차면 기우는 것이 세상의 이치이니 넘침을 경계하며 채우지 못한 여백 있거든 마저 채우며 가면 된다. 채워갈 것 남은 살 맛 나는 세상이다. 주어진 시간과 일, 공

기조차도 공짜가 아님을 상기한다면 행복은 늘 두 배다. 내일이 당연히 와준다고 그 누구도 장담하지 못하기에 덤이고 선물인 이 순간을 선하게 살면 된다. 서녁 하늘에서 익어가는 노을처럼 숙성의 삶을 점검하며 살면 된다. 순간의 소중함을 챙기면서.

2011년 1월 1일, 저녁

아프니까 상처인가?

여행 마지막 날, 다케시마 일대엔 비바람이 몰아쳤다. 폭풍우 비상 경계령이 내려졌고 뉴스는 연일 비 피해 속보만 토해냈다. 여행가이 드는 비행기 이륙이 불가할 것이라는 예상을 일행에게 미리 통보했 다. 어쩌면 내일 한국으로 돌아가지 못할 수도 있다며 만일을 대비하 란다. 여행의 말미가 근심 가득하다. 비 소리에 잠도 오질 않는다. 길 바닥엔 큰 야자수가 길게 드러누웠다.

폭풍우의 위력이 뉴스속보를 실감케 했다. 그러나 현지인들은 침 착하기만 하다. 넋 놓고 망연히 바라볼 법도 한데 담담한 표정들이 의외다. 놀란 기색 하나 없다. 굳은 살처럼 잦은 자연재해에서 상처 받지 않는 법이라도 터득한 것일까? 고층 건물에 자연재해를 대비한 안전지지대도 인상적이다.

그 후 천둥 번개 소리만 들어도 가슴 쿵쾅거리는 경험을 한다. 비 단 자연재해의 경우만일까. 휘몰아친 태풍에도 아랑곳하지 않던 일 본인들처럼 담대하고 침착할 수 있으면 좋으련만. 불혹에도 상처는 아프기만 하다. 그 굴레에서 더 큰 구속을 받는다. 이기고자 하는 마 음을 내려놓는다면, 온전히 주기만 한다면 배신도 없다던데. 사랑과 미움은 받거나 하는 자의 몫이라 던데. 쌍방향이란 속성 때문에 온전히 자유롭기 힘든 것일 것이다.

저자 김기태 선생님은 『지금 이대로 완전하다』(침묵의 향기, 2011)고 했다. 상처로부터 자유로울 수 있는 조언을 저자로부터 직접 듣고서도 상처는 여전히 삶의 짐이다. 넘어지더라도 견딜 만큼, 딱 그만큼인 것도 모르고 상처에 무릎 꿇고 만다. 내가 침해 받는 고통은 두 배로 느껴진다. 태풍과 지진을 보고도 담담하던 일본인들의 태도가 부러울만큼. 상처라서 아픈가? 아프니까 상처인가?

2015년 7월, 비요일

소통의 가교

'전화電話'를 풀어서 쓰면 '빠르게 이야기 하다'가 된다. 텔레폰 telephone은 '멀리'를 뜻하는 텔레tele와 '소리'를 의미하는 '폰phone'의 합성어이다. 멀리 있는 이에게 빨리 얘기 할 수 있는 도구라는 뜻이다. 적절한 뜻글자이고 그렇게 할 수 있게 해주어서 고맙다. 전화가 고마운 또 다른 이유는 소통의 공신이자 그리움의 해소제이며, 삶의 동반자이기 때문이다. 다소 기다림의 미덕을 빼앗거나 기억력을 훼방해도 내겐 특별하기만 하다. 물리적인 공간의 제약을 넘어 서로를 연결시켜주니 어찌 고맙지 않겠는가.

최근에 신형 모델이 나왔다며 아이가 전화기를 바꿀 것을 재촉한다. 유행에 민감한 아이에게는 구형 전화기를 사용하는 엄마가 시대에 뒤처져 보였던 모양이다. 동영상에 메모, 장거리 화상통화 뿐만 아니라 전 세계의 소식을 실시간에 검색하지만 내게는 소통의 의미가 가장 크다. 그래서 구형 전화기라도 하등 바꿀 이유가 없다며 아이의 염려를 뒤로 했다. 오히려 절약심만 주석으로 덧달았다.

그 전화기로 어머니께 전화를 걸었다. 사랑의 기운은 먼 몸을 한마음으로 엮어준다. 같은 하늘 아래 있음을 확인시켜주는 반가운 육성이 전화를 끊고도 귓전에 그대로다. 보고플 때면 전화를 걸었다.

반가움에 겨워 '용건만 간단히'를 어길 때도 많다. 비싼 통화료는 부담되지만 주고받는 대화의 내용이 모두 삶의 부록이기에 헛되지 않다.

전화기로 멀리 있는 친구의 목소리를 듣다가 잠들었던 때가 있다. 벨소리가 울리면 그 친구인가 하고 기대를 하곤 했다. 오늘은 그 전화기로 단절의 인연에게 말을 걸고 싶다. 얼굴 마주보며 전하기 쑥스러워서 감추었던 말들, 너무 귀해 아껴두었던 말들 모두 꺼내어 전하고 싶다. 매일 보는 식구에게도 사랑한다고 말하고 싶다.

2009년 4월, 수화기를 내려놓고

시간의 흔적

간만에 대청소를 했다. 책상과 책꽂이 화장대 방바닥을 순서대로 정리했다. 수업자료와 레포트, 주고받은 서신들까지 모두 내어 먼지를 턴다. 뿌얀 먼지 사이로 드러난 지난 흔적들이 기다렸다는 듯이 나를 반긴다. 삐뚤빼뚤하게 적은 아이들의 동심을 읽다가 편지 속에 그만 풍덩 빠지고 말았다. 매년 단란한 가족사진을 담아서 보내준 친구의 엽서에는 "보고 싶다."라는 글자가 선연하다. 오빠들이 보내준 편지에는 기둥 같은 신뢰가 박혀 있다. 아이 담임의 반듯한 손 글씨도 귀하다. 하얀 화선지에 까만 먹물로 백번을 연습해 완성했다던 내 이름 석 자를 다시 보니 먹먹하다. 20년 전 로마에서 보내준 끌레멘스 신부님의 엽서는 액자에 넣어 벽에 걸었다. 편지봉투 하나하나 열다보니 청소는 뒷전이고 기억 속에서 몇 시간째 놀기만 한다. 등하불명燈下不明일 뿐 사라진 것은 아무것도 없다. 옛 추억은 나와 시간을 잡고 놓아줄 기색이 없다.

켜켜이 쌓인 흔적은 그윽한 향이 되어 지친 마음에 위로를 준다. 그래서 사람들은 힘겨움 앞에서 시간을 구하는지도. 가역성의 시간도, 시계 속의 시간도 아닌 심리적인 시간일 것이다. 삶의 순간을 고맙게 기억해주는 감각의 시간. 칼 융(동시성 이론)이 그랬던가? 이 세

상 어딘가에 나를 생각해주는 이가 있고 내가 기도해줄 사람이 있다는 것이 감사한 시간이다.

모든 생명은 중중무진重重無盡 연결되어 동체대비심으로 서로 사랑할 것을 설파한 대승불교철학처럼 서로는 서로를 비추며 동시에 공간으로 연결된다. 시간과 공간은 우리의 긴 신경망을 통해 과거와 현재 그리고 미래를 초월한다. 하여 시간은 누구에게나 공평하게 흐르지만 일정하게 흐르지 않는 것인지도. 어디 서는 멈춰서 있고 누군가에게는 꼬리마저 감춰버린 시간. 그 시간이 서로 만나고 혼재하는 지금, 훗날에 열어볼 또 어떤 흔적들을 남길 것인지?

2011년 5월, 구멍 난 고무장갑

체면

　머리를 감았더니 머리카락이 물에 흥건하다. 거울은 탄력 잃은 피부를 여과 없이 비춘다. 오란다고 오고 가란다고 가는 세월 아니지만 가는 세월은 늘 아쉬움을 남긴다. 허허로운 마음은 나이 탓 세월 탓에 무정한 당신만 탓한다. 이럴 땐 감성마저 형벌 같다. 요즘 들어서 부쩍 그렇다. 누가 곁에 있어도 외롭고 나 아니면 안 된다며 달달하게 청혼했던 남편도 남보다 못한 님 같다. 꼿꼿한 내 라이프스타일이 만만치만 않은 모양이다. 그냥저냥 두루뭉술하게 살라는 충고만 할 뿐. 핀잔도 늘고 잰 잔소리에 버럭 화도 잘 낸다. 이럴 때 포기는 배추 셀 때가 아닌 남편한테 하게 된다.

　갑갑한 마음에 창문을 열었다. 바깥 풍광이 화들짝 놀라는 기색이다. 부는 바람에 나뭇잎이 춤춘다. 그 장단에 다른 잎들도 따라서 춤을 춘다. 아침에 널었던 빨래가 햇볕에 바짝 말랐다. 초록 잎들 사이에 핀 인디핑크색 철쭉이 곱다. 새들은 자리를 바꿔가며 술래잡기를 하는 건지 눈이 하늘을 맴돌던 잠자리 날개와 내통하다가 정신 줄 놓을 뻔 했다.

　시원한 바람결에 그리운 이름들이 따라든다. 자연에 안긴 몸이 삶의 긴장에서 놓여나는 듯, 평정심이 스르르 되살아난다.

"사람이 굳게 마음 먹으면 운명도 이겨내고, 심지가 한결 같으면 기질을 움직인다. 그러므로 군자는 심지어 조물주가 부여한 운명조차도 극복할 수 있게 된다."는 채근담 한 자락이 떠오른다.

소중한 것은 못보고 가는 것에만 집착했다. 중년 운운하며 괜한 나이 탓에 당신만 탓했다. 놓고 보내자. 툴툴 털고 비우자. 아래로 흐르는 강물처럼 우듬지에 피어난 나뭇잎처럼, 맞고 보내는 그곳으로 흐르는 생명 기운. 모진 슬픔과 아픔도 모두 삶의 분자 입자였음을. 곁의 모든 것들을 인정하고 받아들이자.

젖은 마음을 햇볕에 내다 넌다. 올려다 본 파란 하늘이 유난히 맑은 것은 마음 때문인가. 화창한 날씨 때문이겠지. 깜냥깜냥 가는 축복의 길이라 체면을 건다.

2012년 9월, 페퍼민트 향기 옆에서

샛길에서

숲길에 들어섰을 때 여러 갈래의 길이 나왔다. 그 길 알기 전까지는 환한 대로만 걸었다. 늘 다니던 익숙한 길 벗어날 땐 낯설고 두려웠다. 낯선 길도 가라고 나 있겠지? 새삼 용기를 낸다. 걷다보니 좁다란 샛길 하나 나왔다. 시작이 반이다. 들어서니 새롭다. 그 길에는 새로운 만남들이 기다리고 있었다.

큰 나무 그림자 드리운 가파른 언덕을 만나고
뾰족하게 모난 돌부리도 만나고
언제 떨어졌는지도 모를 바짝 마른 솔방울을 만나고
여태 본 적 없던 여린 풀꽃을 만나고
찬 겨울을 용케도 버틴 붉은 산수유를 만나고
내 발끝을 피하느라 달음질치던 작은 개미를 만나고
거친 바위 위에 엉거주춤 내려앉은 넓적한 낙엽을 만나고
하늘을 찌를 듯이 우뚝 솟은 껑다리 나무도 만나고
여치소리 매미소리, 야릇하게 짖어대는 새소리도 만나고
귓전에서 앵앵거리던 깨알 같은 벌레도 보고
따갑게 살갗을 스치던 거친 억새를 만나고

앙증맞은 모듬 버섯도 만나고
수정 같던 이슬을 만나고
줄타기 곡예사 거미도 만나고
느림보 꿈틀이 지렁이를 만나고
보랏빛으로 아스라이 멀어져간 산자락도 만나고
나뭇잎 틈새로 파랗게 고개 내민 하늘도 만나고
귀여운 노랑나비, 잠자리 떼, 벌들 만나고 또 만나고.
비워짐도 있었다.
산처럼 높아가던 허영이 비워지고
시린 가슴 동여매던 원망이 풀리고
쇳덩이처럼 무겁던 과욕을 내려놓고
불쾌와 불안만 앞세우던 망상은 괘념치 않고
저린 그리움과 묵은 시름도 보내고
게으름과 후회가 물러가고 어깨 통증은 가라앉고
부풀던 질투가 쪼그라들고
얼음처럼 차갑던 가슴을 녹이고
부정적인 생각은 저만치 밀쳐두고
비워지고 줄고 작아지는 것들 사이로
잔결바람 다가와 젖은 땀을 말려준다.
한참을 걷다 보니 어느새 숲 밖이다.
두렵던 마음 어디로 갔나.
지나오길 참 잘 했네.

2007년 2월, 운동화를 빨아 널고

산책 일기

산책하기 마뜩하여 정원 삼은 곳이 있다. 벌써 20년 째. 허락도 없이 임금님 뜰이 안 부러운 '훈나의 뜰'이라는 이름도 붙였다. 오늘도 그 뜰의 작은 숲길을 걸었다. 구비 돌아 막다른 길 끝에 늘어선 대나무 밭을 지나 포도넝쿨 뒤덮인 양철굴 속을 걸었다. 키 작은 밤나무엔 새끼 밤송이가 고슴도치처럼 초록가시를 잔뜩 내둘렀다. 그 길 끝 양지쪽엔 작은 연못 하나가 있다. 어묵처럼 길쭉한 갈색 부들과 연잎 동그랗게 띄운 연못에선 연신 잔잔한 파문이 인다. 못 위의 잔물결이 소금쟁이를 밀다가 갖가지 구름까지 실어 나른다. 출렁이는 수양버들 아래에서 걸음을 멈추었더니 그 틈 사이로 산바람이 내려와 머리카락 몇 올을 살짝 건드리고 지나간다.

청설모 한 마리가 발 앞을 내달리다 장구밤나무 가지 위로 부지런히 올라간다. 그 몸짓이 사랑옵다. 찌르르, 맴맴, 깍깍, 뾰쪽뾰쪽, 장단고저를 무시한 갖가지 새소리와 풀벌레 소리가 스피커에서 흘러나오는 은은한 악기소리와 다투지 않고 서로 만난다. 아무렇게나 내지르는 갖가지 벌레소리와 악기 소리가 이토록 우아한 협화음을 만들다니. 허공으로부터 지상에 울려퍼지는 천상의 합창 같다. 인공과 자연의 조화가 일궈낸 유일 무이한 오케스트라다.

　눈을 감고 자연의 전율에 온몸을 맡긴다. 달보드레한 심신이 평화롭다. 내친 김에 광고에서처럼 두 팔 벌려 '나르샤!' 하고 외쳤다. 바람에 실려온 무상의 자연을 끌어안는다. 한낱 미물에 불과하다 여겼던 풀벌레들, 오가는 세월 하나 잡지 않으며 한 자리만 또바기 지켜온 나무들, 그 곁에 흐르는 바람, 모두 가치를 따질 엄두초차 내지 않았던 평범한 자연 아니던가. 생각해보니 어떠한 흐름도 거스르지 않고 순응하는 자연이 보여주고 들려준 것들이 무수하다. '하늘과 땅이 영원한 것은 자신의 존재 자체를 자기 것으로 여기지 않기 때문'이라던 노자의 말처럼 자연은 불협화음으로 몸살 앓던 나를 대가도 없이 치유해 주곤 했다. 덕분에 산책하고 돌아오면 어김없이 투명한 집을 짓게 된다.

2010년 8월 30일, 봄 오시던 날

애착일까 집착일까

베란다에 둔 화분에서 새싹이 올라왔다. 지난 개인전 때 플라치도가 들고 온 야생화 한 포기. 장애인이 백리 길을 와준 것도 고마운데 귀한 거라며 기왓장에 직접 심어서 들고 왔다. 그 정성이 고마워 고이 받아 애지중지 키웠다. 간간이 물주기와 햇볕 쬐어주기를 거를 때가 있었지만 싹을 틔워주니 기특하기만 하다.

빼꼼 얼굴 내민 새싹이 자라더니 꽃대를 올렸다. 별 같은 꽃도 피웠다. 파꽃처럼 하얗게 무리 지어 피어난 꽃들. 그 꽃피던 반가움은 잠시였다. 며칠 후 꽃들이 지기 시작한다. 싱싱하던 줄기와 잎도 엽록소를 잃고 누렇게 변해갔다. 뒤를 따라 긴 꽃대가 쓰러지더니 자취를 감춰버린다. 살려보려고 집안 곳곳을 돌아다니며 형색을 살폈다. 그 정성에 답이라도 하듯 다시 생기가 돈다. 그렇게 기운을 차리나 싶었는데 또 다시 시든다. 더 이상 버틸 힘이 없는지 잎들은 처절하게 떨어지고 잎이 진 자리에는 앙상한 줄기 혼자 외롭다. 아쉬운 마음은 자꾸만 꽃이 진 자리로 내 눈을 데려갔다. 그때였다. 다시 새싹이다. 눈을 비비고 봐도 분명 새싹이었다. 순간 해동 비 같은 눈물이 와락 솟았다. 그러나 다시 돋은 새싹은 야생의 기질을 완전히 상실한 듯 줄기는 가늘고 잎도 작다. 허약했다. 연두 빛은 애처롭다 못해 가련하기까지 하다.

법정法頂 스님의 책에서 비슷한 경험담을 읽은 적이 있다. 지인이 선물로 준 난을 정성껏 기르다가 외출하고 와보니 시들어 있더라고, 그 반복됨이 애석하여 고민 끝에 더 잘 길러줄 지인에게 주었다는 이야기다. 집착을 내려놓던 그때의 마음을 스님은 무소유의 홀가분함으로 표현했다. 영양읍 산 깊은 골짜기 풍외암風外庵을 찾았을 때 지계도사 육잠六岑스님은 가져온 그림자 까지 도로 가져가라며 물질도 버리고 마음도 비워야 무소유의 정신이라 하였다.

그런데 나는 잘 안 된다. 질 꽃인 줄 알면서도 지고 나면 마음 조리며 피기만을 고대한다. 나 아니면 안 될까하여 애가 탄다. 비보라도 들리면 내 책임인 것 같아 더 가까이 두고 더 많은 관심 주고 더 좋은 인연이길 바란다. 과한 관심 줄 때가 부지기수다. 애착인가 집착인가. 아니면 욕심인가. 언제쯤이면 스님처럼 놓을 수 있을까. 내가 아니어도 내 곁에 없어도 초연할 수 있을까. 얼마나 더 살아야지 내려놓고 가벼워질 수 있단 말인가.

2009년 3월, 보슬비 내린 오후

물

최 선생님의 주말농장에서 상추를 조금 뜯었다. 먹을 만큼 자라면 미리 알려주는 선생님 덕분에 봄날 우리 집 밥상에는 상추가 풍성하다. 문제는 송화 가루다.

5월이면 날리는 송화 가루 때문에 상추잎 표면이 온통 노란색이다. 노란 가루가 떨어지지 않으면 어쩌나 걱정될 만큼이다. 물에 넣고 흔들었더니 다행히 말끔하게 씻겨나간다. 물의 고마움이 절실해지는 순간, 만약 물이 없었다면 인류의 생존은 어찌되었을까를 생각해 본다. 영화 〈마션〉의 한 장면이 떠오른다.

〈마션〉 중간쯤에 물의 소중함을 일깨워주는 장면이 나온다. 아레스 3탐사대가 화성탐사 중 고립된 주인공 마크 와트니를 사망했다고 판단, 홀로 두고 떠난다. 극적으로 생존한 주인공은 낯선 환경에서 살아남기 위한 궁리를 하던 중 간식으로 가져온 감자를 재배해 부족한 식량을 보충하려는데, 그때 수증기를 만들던 장면은 우리 곁의 물이 얼마나 고마운지를 절감하게 하고도 남는다.

물의 존재 뿐만 아니라 물의 성질은 또 어떤가. 상선약수(上善若水 : 높을 상上·선할 선善·같을 약若·물 수水) 상선上善 즉 높은 선은 약수若水와 같다는 뜻이다. 형체가 없는 물은 한가지로 고정되거나 경직된 모

습이 아니며 위에서 아래로만 흐르니 억지로 그 흐름을 거스르려 하
지 않는다. 노자老子『도덕경道德經』8장 송화 가루를 씻어주던 평범
한 물이 새삼스러운 날이다.

2015년 5월 17일, 상추를 씻고

텅 빈 가방

　하루를 마감하던 밤 11시, 시외 강의에서 돌아왔다. 주차장에서 희미한 실루엣이 내게로 다가왔다. 남편이다. 비 내리는 고속도로를 긴장하며 달린 탓인지 남편을 보자 급 피곤이 몰려왔다. 수고했다며 반기는 남편에게 가방을 건네고 다른 한 손에 노트북까지 넘기고 나니 홀가분하다. 엘리베이트로 걸어온 남편이 가방 무게가 만만치 않단다. 여자 가방이 어찌 이리도 무겁냐는 말에 괜히 멋쩍다. 농담처럼 나는 "가방 무게가 내 삶의 무게와 같지 않을까요?" 하였더니 남편은 "온갖 잡동사니를 다 넣고 다니니 무겁지"라며 핀잔의 눈을 흘긴다.

　사실 초등학교 때부터 내 가방은 비교적 무거웠다. 교과서와 도시락, 준비물, 전과(동아, 표준)를 모두 넣고 다녔으니 무거운 건 당연했다. 이제 두꺼운 참고서는 없는데도 무게는 여전하다. 헛된 욕망과 잡스런 지식을 덜어내고 내적 공간을 확보해 한적해질 방법은 도처에 널렸는데, 내가 늘 게을렀다.

2015년 11일, 새벽별바라기

허구인 그림이 상상력을 자극한다. 일련의 현상들, 실수와 부족한 솜씨일지언정 그 순간만큼은 제 아무리 스마트한 기계라도 흉내 낼 수 없는 휴머니즘의 시간이다. 감정과 정서 순화, 느낌의 공유, 교감 등, 너무나 당연하여 등한시 한 것들을 돌아보게 하는 것이 우리 곁에 예술과 인문학이 존재해야할 이유가 아닐까.

– '진부하다고 할까' 중

믿고 싶어요

눈 내리는 주말 저녁이었다. 간만에 만난 이 선생이 우리를 빵 굽는 찻집으로 안내했다. 찻집은 빵을 우리밀로 만든다는 문구를 비교적 잘 보이는 곳에 새겨두었다. 조 교수님과 나, 이 선생은 경치 좋은 창가에 앉아 갓 구운 빵이 나오기를 기다렸다. 오후 네 시가 되자 약속처럼 따끈한 수제 빵이 테이블 위로 올라왔다. 유기농 웰빙 수제 빵이라니 보기만 해도 건강해지는 기분이다.

갓 구운 빵 특유의 구수한 향을 음미하던 두 사람이 갑자기 이구동성으로 건강 관련 신간을 추천한다. 『의사에게 살해당하지 않는 47가지 방법』. 듣고 보니 책 제목이 너무 섬뜩하다. 제목대로면 의사 선생님이 살해자란 말이 된다. 믿었던 만큼 소름 돋는다. 책 제목과 병원이 오버랩 되면서 우리의 화제는 자연스럽게 의사 선생님에게로 돌아갔다.

그때 갑자기 이 선생이 흥분한다. 며칠 전 피부과를 찾았을 때라고 한다. 대수롭잖게 여겼던 염증이 혈관을 드러내 병원을 찾았단다. 그때 만난 의사 선생님을 영 잊지 못하겠단다. 전날 전문의사와 상담을 받고 다음날 다시 병원을 찾았는데 이상하게도 의사는 환자의 상태를 세심하게 살피지 않음은 물론, 민감한 얼굴에 기계부터 들이대더란다. 게다가 전날에 안하던 겁까지 주더라는 것이다. 치료할 부위가 심각하다며 보험혜택 밖의 치료를 여러 차례 더 권하는가 하면 치료 후에 생길지 모르는 상처를 환자의 책임으로만 떠넘기려고 하더란다.

흉터용 비싼 크림을 병원에서 사길 권하고 이런저런 질문에는 과민하다며 핀잔까지 주더란다. 오랜 고민 끝에 찾은 병원에서 병원의 전통과 장비 자랑에 핀잔까지 덤으로 들어야 했던 이 선생은 기분이 몹시 언짢았다고 한다. 더 놀란 것은 상담한 의사와 치료한 의사가 달랐다는 것이다. 환자의 상태를 먼저 체크하기 보다 환자를 자금줄로만 보는 듯한 의사의 태도에 광분하던 이 선생. 그 마음이 고스란히 전이되어 갓 구운 웰빙빵이 식는 줄도 몰랐다.

의사에게 못다한 분풀이라도 하듯 흥분한 이 선생의 등 뒤로는 초설이 내리고 있었다. 하늘이 보낸 안정제와 진정제였을까. 소리도 없이 내리는 눈도 의사들이 영육의 살해자가 아니기를 바라는 눈치였다.

2015년 12월, 수제 빵 세 봉지를 사고

우리 함께 걸어요

　가을 어느 날, 좋은 인연의 안내로 산책길에 들어선다. 영남일보 '문화산책' 길이다. 깊어가는 가을만큼 '문화산책'이란 어감이 좋다. 두 달간 독자들과 함께 걸어갈 길이다. 필자에게 산책은 사유와 사색과 비움의 시간이었다. 하루 중 유일하게 숨 고르는 시간이기도 하다. 아침저녁으로 걷던 그 길에 들어서는 마음으로 '문화산책'에 첫발을 내딛는다. 막상 들어서고 보니 혼자 걷던 길과 달리 살짝 긴장도 된다. 프로필부터 명확히 하자는 관계자께는 끝내 답을 주지 못하였다. 즉문즉답이 오가는 시대에 대답 기다리다가 지쳤을 그에게 그만 무례하고 말았다. 하여 통성명 하듯, 프로필에 관한 단상으로 문화산책을 시작할까 한다.

　프로필profile은 그의 삶을 증명하는 단서가 된다. 단거리 육상경기처럼 전속력으로 남긴 흔적일 수도 있고 한적한 산책길에서 만난 느린 발자국 같은 흔적일 수도 있겠다. 명함을 건네는 것보다 간명한 자기소개는 없을 테지만, 살다보면 행적이 얽히고 설켜 간명하게 소개하기 어려운 상황을 맞이하곤 한다. 필자의 경우가 그렇다. 그 반대의 경우도 많다. 대구의 저명한 화가 한 분이 생각난다. 그는 작년 (2015년)에 화필을 꺾었다. 육십 평생 그린 그림을 모두 소각하고 절필을 선언하며 한 말은 "나는 화가도 뭐도 아닌 자연을 사랑하는 한 사람일 뿐입니다."였다. 후일 그의 제자와 미술관 전시기획자로부터 전해들은 말이지만 듣는 순간 가슴이 쩌렁하고 울렸다. 모 대학의 교수이자 화가인 그의 '무엇이 되기 위한 삶'이 아닌 '나를 찾아가는 삶'을 짐작할 수 있었기 때문이다.

살다보면 다양한 이유로 이력서를 작성할 때가 있다. 필자의 경우만 해도 숱하다. 여러 대학교에서 새로운 강의를 시작할 때마다 이력서를 작성한다. 각종 심사나 논문작성, 심지어 개인전을 할 때도 신원증명은 필수이다. 반복하다 보면 증명했던 그 '자리'가 '자신'인 줄 착각할 때가 있다. 아마도 절필을 선언한 그 화가는 이와 같은 착각으로부터 자유로워진 듯하다. '자리'와 '자기'를 구분할 줄 아는 지혜야말로 아름답다 할만하다.

세월이 두께를 더할수록 우리의 삶은 변모해간다. 빛바래기도 하지만 곱게 단풍이 들기도 한다. 단풍은 형태보다 단연 색이 으뜸이다. 아름다운 색은 마음이 먼저 알아본다. 시각적인 일에 매진하는 사람일수록 눈 보다 마음으로 보는 일이 많다. 마음으로 보는 색은 눈부시지 않다. 요란할 리 없고 오래 두고 보아도 싫증이 없다. 세월의 결에 농익은 우러나온 빛이기 때문일 것이다. 필자도 단풍 같은 프로필을 적고 싶었으나 그러자면 몇 억겁의 시간을 더 살아야지 되지 싶다. 관계자께 프로필을 간명하게 답하지 못한 이유라면 이유겠다. 오늘도 그 과정을 살고 있다.

2016년 11월, 영남일보 '문화산책'

진부하다고 할까

 과학기술이 발전하면 할수록 원본과 모사본의 차이는 줄어든다. 인간의 두뇌로는 납득할 수 없는 연구들이 쏟아져 나오고 인공지능은 새로운 혁명을 준비한다. SF영화에서는 복제물이 인간과 동등하게 그려진다. 인간을 능가하는 장면들도 낯익다. 점점 가상이 현실화되어가고 있는 시점이다.

 최근 현실에서 목격한 것은 알파고와 이세돌 구단의 바둑대결이지 않을까. 한 학생이 "알파고에 가면 명문대에 입학할 수 있습니까?" 하여 일제히 웃기도 하였지만 결코 유쾌할 순 없었다. 며칠 전 스터디 장에서도 과학기술의 진보가 인류의 미래에 미칠 영향에 입을 모았으나 결론은 디스토피아가 될 것이라는 전망이다. 섣부른 판단일지라도 기계가 우리의 삶을 디스토피아로 내몰 것이라니 내심 불안하다. 물론 긍정적인 미래를 예측하는 이도 있다.

 과학기술의 발달은 미술계에도 큰 변화를 가져왔다. 1차 산업혁명 이후 화학 공업과 야금 기술이 물감의 재료를 쉽게 얻을 수 있게 했고, 1841년엔 양철로 만든 물감튜브나 증기기관차의 등장이 실내에서만 이루어지던 창작활동을 야외로 확장시켰다. 대량생산은 재료의 가격을 낮추었고 작품 활동도 이전 보다 편리하도록 도왔다. 종이 재료가 다양해지면서 소묘화가가 늘었고 인쇄 기술의 발전은 목판화 발전에 기여했다. 무엇보다 카메라의 등장과 광학이론은 미술사에 새로운 방점을 찍는데 일조했다. 곧 인상파의 출현으로 이어졌다.

과학에 큰 관심을 보인 신인상파 화가 쇠라(Georges Pierre Seurat : 1859~1891년)의 '그랑 자트 섬의 일요일 오후(1884년)'는 광학이론이 반영된 대표적인 미술작품의 예라 하겠다. 다원화된 현대미술의 단면만 보더라도 과학과 예술의 경계는 와해된 상태다. 미술사의 변모 단계들도 과학기술의 발전과 맥을 같이한다. 이렇듯 인류에게 과학기술의 영향과 혜택은 자명한 사실이지만 총체적 관점에선 불편한 진실이 되어간다.

나른한 오후, 학생들은 의례히 식곤증에 시달린다. 그들의 졸음을 쫓을 생각으로 제안한 것은 그리기이다. 이론수업 도중에 갑자기 그림을 그리라니 모두 생뚱맞다는 표정이다. 그러나 이내 표정이 풀린다. 학생들에게 제안한 것은 5분 안에 옆 친구 얼굴 그리기다. 짧은 시간에 원본과 닮게 그리기란 능숙한 화가라도 무리일 터. 물론 능숙한 솜씨를 요구한 건 아니다. 실은 이집트 미술의 정면성과 평면성, 부동성, 완전성 등 당시 미술에 내재된 사상에 대한 이해를 도울 요량이었다.

짧은 시간에 학생들이 그린 그림은 사진 보다 못했다. 카메라에 비해 정확도도 떨어지고 시간도 몇 배나 더 걸린다. 그럼에도 학생들은 그 시간이 즐겁다. 서툰 그림을 보며 깔깔대다가 보기 좋게 고쳐달라는 주문도 한다. 서로를 주시하며 눈을 마주치고 수시 때때로 변하는 표정을 유심히 살피며 나누던 교감은 유대감과 친밀감으로 이어

졌다. 예상치 못한 자기 모습을 받아들이는 반응들도 재미있다. 본의 아니게 들창코나 여우 눈이 된 학생은 억울하다며 비통해 한다. 성형을 하지 않고 동안이 된 학생, 안젤리나 졸리처럼 섹시한 입술이 된 학생은 만족감 충만하단다. 강의실은 이내 즐거움에 휩싸였다. 잠시였지만 순화의 시간이었다.

허구인 그림이 상상력을 자극한다. 일련의 현상들, 실수와 부족한 솜씨일지언정 그 순간만큼은 제 아무리 스마트한 기계라도 흉내 낼 수 없는 휴머니즘의 시간이다. 감정과 정서 순화, 느낌의 공유, 교감 등, 너무나 당연하여 등한시 한 것들을 돌아보게 하는 것이 우리 곁에 예술과 인문학이 존재해야할 이유가 아닐까. 인간을 위해 무한 복제되고 진화하는 컴퓨터가 고맙지만 어릴 적 내 상상력을 자극하던 텔레비전, 딱 그만큼이었으면 하고 바란다면 진부하다고 할까.

2016년 4월, 대구신문 '오피니언'

노출의 선택과 중심

창틈으로 스며든 봄바람에 냉기가 서려있다. 교탁 앞에 앉은 한 여학생이 찬 기운에 몸을 떤다. 보다 못한 나는 스카프를 풀어 건넸다. 학생은 무안한지 고맙다는 말 대신 "거추장스러워서요."라며 차갑게 거절한다. 아슬아슬한 미니스커트로 한껏 멋을 낸 여학생에게 내 배려는 오버였던 셈이다. 당사자는 개성인데 오지랖 넓은 내 참견이었다. 짧은 치마가 유행한 후 종종 마주하는 광경이다.

문명시대를 사는 인간의 몸은 다양한 옷으로 가려졌다. 그러나 미술사는 인간의 나신을 작품의 주요 소재로 다룬지 오래다. 누드화가 그려지기 시작한 시기는 그리스시대부터. 그리스시대 화가들은 대개 여신을 그렸다. 인간의 격과 다른 신의 영역을 모범으로 삼았기 때문이다. 여인의 누드가 그림의 소재가 될 수 없었던 이유이기도 하다. 소재, 주제, 비례 등의 규칙을 준수했던 그들은 수치로 계산된 비례에서 인간의 몸이 현실보다 더 아름답게 보이길 원했다. 다듬어진 외관은 사람의 눈을 편하게 한다는 것이 그들의 논리다.

한편 이것은 있는 그대로의 노출을 꺼리는 문명임을 암시한다. 문명에 길들여진 사람들은 문명이 제거된 모습, 즉 있는 그대로의 모습 보기를 거북해 한다. 그래서 문명의 옷을 입은 자신을 불편하다고 하기보다 벗은 몸을 민망해 한다. 어쩌면 미니스커트를 입은 여학생에게 건넨 스카프도 비슷한 맥락일 것이다. 건강을 염려한 마음 이면에는 윤리·도덕적 관념이 내재하지 않았나를 돌아본다.

화가들은 대개 인간의 도덕적 관념 속에 가려진 비도덕적인 모습도 본다. 겉치레를 걷어내고 솔직함을 그리고 싶어 하는 것이다. 그것은 누드화에서 두드러지는데 대표적인 예가 마네(Edouard Manet, 1832~1883)의 '올랭피아(lympia, 캔버스에 유화, 130×190㎝, 1863년)'다. 이 그림은 1865년 아카데미살롱에 출품되어 입선을 했지만 처음 전시장에 걸렸을 때 강한 비난의 세례를 받아야만 했다. 우러러볼 여신도 귀부인도 아닌 화류계 여인의 맨몸이라는 이유였다. 마네는 여인의 나신을 그린 것도 모자라 하나를 더 벗겨냈다. 바로 여성을 바라보는 남성들의 가식과 상류층이 입은 허영의 옷이다.

옷은 몸을 보호하고 예의를 갖춰주며 체면도 지켜준다. 나아가 치장과 포장까지 돕지만 진실을 가린다는 것이 화가의 생각이다. 그래서 화가는 하나의 인격체를 가린 문명의 껍데기를 과감하게 벗겨버렸다. 문명으로 인한 도덕적 관념과 일반적인 잣대에 길들여진 우리의 편협한 시각을 새롭게 눈뜨도록 한 것이다. 허구인 예술이 가끔은 사실보다 더 사실적인 진실을 드러내는 지점이다. 마네는 여인의 나체를 한낱 눈요기 대상이 아닌 하나의 사실적 인격체이자 진실을 드러내는 주체로 삼은 것이다.

이처럼 가려진 곳을 벗겨내야 볼 수 있는 것들이 세상엔 많다. 작품도 그렇다. 가끔 작가에게 인터뷰를 요청할 때가 있다. 작가에 대한 정보는 작품을 이해하는 단서로써 중요하다. 하여 작품에 대한

글을 쓰기 전에 꼭 거치는 절차이다. 난감할 때는 작가가 경력을 장황하게 늘어놓을 때다. 이를테면 모 단체장이라든가 대표이사, 회장, 심사위원, 수료증, 잡다한 전시와 수상경력에 인맥까지. 존중해야할 것은 빼곡한 경력보다 진정성 있는 한 점의 작품이 더 가치 있다는 것을 아는 작가다. 다만 작가들도 사회적 통념을 무시할 수 없다는 것이 웃픈 현실이다. 실적을 겨냥한 전시회도 실적전일 뿐 예술작품전이라 이름 하기엔 왠지 씁쓸함이 크다.

유행가 한 구절이 생각난다. "…10년은 돼야 가수라고 하지, 20년은 돼야 스타라고 하지, 30년이 되면 레전드라고 부르지, 그래서 이렇게 난 아직도 배가 고프지…"는 가수 박진영이 부른 노래의 일부분이다. 진정 가수, 스타, 레전드를 꿈꾸고 경험해본 자만이 할 수 있는 표현 아닐까. 작가도 마찬가지다. 작품은 작가의 민낯이고 작품전은 영육을 노출하는 행위와 다름 아니다. 관객과 소통하고 공유하고자 하는 자신의 작품이 내면의 거울임을 자각할 때 다양한 노출행위는 신중해질 것이다. 미니스커트든 SNS의 활용이든 무엇을 왜 얼마만큼 노출시키는가에 진중할 때 그 의미와 가치도 달라질 것이다. 선택은 자유다. 모자라거나 넘치지 않는 중심이 주요 관건이다.

2016년 5월, 대구신문 '오피니언'

별다방의 추억

시간 속에 켜켜이 쌓인 흔적들은 가끔 이성보다 감성을 앞세운다. 감성은 힘들었던 기억조차 그리움으로 물들이고 때로는 약간 포장이 된 추억으로 다가온다. 그러나 현실은 냉엄하고 반성은 늘 한 박자 늦게 찾아오는 듯하다.

며칠 전 지인들과 추억의 거리를 걸었다. 다시 찾은 그곳은 몰라보게 달라졌다. 7년 전엔 상상할 수 없었던 모습이다. 한산했던 거리엔 청춘들이 북적였고 주말엔 더 붐빈다고 한다. 낮보다 밤이 더 북새통인 것도 진풍경이다. 2009년엔 예상치 못한 방천시장의 풍광이다. 7년 전까지만 해도 대구시내 한 복판에서 외딴섬처럼 소외되었던 곳이었다. 경계를 허물고 삶과 예술의 접점을 찾고자 한 2009년 방천시장 예술프로젝트가 중구청과 대구미술비평연구회의 주관·주최로 진행됐다. 전체 기록을 담당한 나는 '예술과 시장의 동거 139일'을 기록했고 그 위에 다양한 추억들이 포개어진다.

"… 객이 없어 조용할거라는 예상과는 달리 사무실의 낡은 벽 사이로 상인들의 여담이 들려온다. 볼멘소리에 하소연 가득하다. 시장엔 온통 노인들뿐. 띄엄띄엄 문을 연 상점 주인의 손님을 기다리는 마음 간절하다. 백주대낮에 술주정소리 요란하고 고성의 언쟁과 어린아이 울음소리에 경운기소리까지, 도심 한 복판에 자리한 시장이라기엔 믿지지 않을 정도다. 침울함에 암울함까지 감도는 시장이 도로 하나를 사이에 둔 중앙로와는 큰 대조를 이룬다. 이런 시장에 작가들이 예술을 입힐 것이다. …" 3월 10일 기록의 일부분이다.

겨울엔 춥고 여름엔 오롯이 더웠다. 비오면 얼룩지고 습기도 찼다. 비워진 점포 대부분은 수리가 불가피했다. 대구미술비평연구회는 별의 별 것이 다 있는 별시장 안의 별미용실과 가깝던 낡은 점포 하나를 수리해 사무실로 사용했다. 사무실엔 프로젝트 관계자나 시장을 찾은 행인들이 목을 축이도록 물과 커피를 준비해두었다. 때문에 자연스럽게 사무실은 '별다방'이란 별칭을 얻었고 그곳을 지킨 나는 작은 마담이라 불렸다. 그러나 시장의 하루를 기록하고 집으로 돌아가야 하는 나는 객일 뿐이었다. 참여 작가들도 시장 주민은 아니었다.

집으로 돌아가는 객의 발걸음은 무거웠다. 시장이 생기 있게 부활하기 전까지는 그 누구도 가벼울 수 없는 걸음이기도 했다. 예술가들은 예술이 시장을 살리는 기폭제가 되길 바라며, 예술로 삶을 해석하려는 다양한 노력을 기울였다. 공공기관에서도 논의에 동참했다. 상인들은 기대가 컸다. 그 사이 서로 간엔 듬뿍 정이 들었다. 함께 음식을 나누며 쌓은 정은 식구 같은 정감을 주고받을 만큼이었다. 그랬던 방천시장이 7년이 지난 지금 몰라보게 달라진 것이다. 종일 생선 한 마리도 못 팔고 남은 몇 마리를 싸주시던 할머니와 인심 후하시던 야채가게 아주머니는 볼 수가 없다. 물론 별 다방도 사라진지 오래다. 주민들의 골 깊은 푸념도 추억이 되었다. 대신 신축건물과 신종 업종에 젊은 주인들이 늘어났다. 꿈은 이루어졌다.

　그러나 그토록 고대하던 꿈길을 걷는 마음 한켠이 헛헛한 것은 민족 특유의 온정이나 감성 탓만일까. 7년 전 폐허 같았던 빈 점포에 자욱한 먼지와 벌레들의 사채를 치우며 시장을 살리려 애쓴 작가들의 139일간 노고가 시간 속에 묻혀버렸다. 부활을 꿈꾸며 예술가들에게 마술을 기대하던 영세 상인들의 넋두리와 애환도 서서히 잊혀져간다.

　영국의 존 윌렛이 1967년 '도시 속의 미술(Art in a City)'에서 처음 사용한 공공미술이란 개념은 비판적인 시각을 견지한다. 소수 전문가들의 예술적 향유가 일반 대중의 미감을 대변하는 것에 대한 반발이기도 했다. 현재진행형인 참여형 공공미술은 웰빙의 의미를 담는다.

　그러나 공공을 위한 담론이 소수에겐 이따금씩 이물질일 수도 있다. 고故김광석의 노래를 일방적으로 들어야 하는 주민이나 이화벽화마을에 지워진 꽃 계단은 소수의 불편한 삶을 대변한다. 작고 부박하더라도 삶은 모두에게 소중하다. 그 삶의 무늬가 미래로 이어지고 역사를 이룬다. 살아있는 모든 것은 변한다. 예측할 수 없는 삶에서 오늘은 훗날에 볼 어떤 흔적을 남길 것인지. 별 다방의 추억을 안고 집으로 가는 발걸음이 여전히 가볍진 않다.

2016년 5월, 대구신문 '오피니언'

불편한 관행

90년대 초였다. 찬 겨울밤 자정이 넘도록 실기실에 켜진 불은 꺼질 줄을 몰랐다. 허기를 달래려 큰 양은주전자에 끓인 라면을 나눠 먹던 시절이다. 동기들은 순수했으며 진정한 예술가를 꿈꾸었다. 삼수는 물론 칠수가 있을 만큼 화가를 열망하던 이들의 묘사력은 탁월했고, 모름지기 화가는 작업으로 말하겠다는 의지가 지배적이던 때, 묵언정진 하라는 스승의 훈육 또한 금 같은 채찍이었다. 초석을 다지던 그 시간은 수행에 견줄만하지 않을까. 작품이 상품과 다른 것은 산고의 과정을 수반하기 때문이라던 말이 뼛속 깊게 파고든 때는 내가 미술을 막 알아갈 바로 그 즈음이다. 창작의 물꼬를 튼 시기는 그 다음부터였다. 그 후 여러 해가 갔다.

동·서양을 통털어 미술사는 다양한 행보를 재촉한다. 모방에 차용은 물론 패러디parody와 패스티시pastiche, 오마쥬hommage 등, 다양한 행태가 이젠 낯익다. 금단의 열매들은 삼켜졌다. 전문가와 아마추어, 예술성과 상업성의 경계마저도 희미하다. 미술계와 자본의 논리가 맞닿은 지점에서는 법의 개입이 불가피한 경우를 종종 목격한다. 봇물처럼 쏟아진 현대미술의 반란에 사실 가장 당혹스러운 건 대중일 것이다. 이것은 우리가 예술에서 놓치고 가는 것은 없는지를 되묻는 듯하다.

지역 작가들의 작품세계를 공유하고자 매달 한 번 모 신문사 잡지 일면을 채우던 때가 있었다. 지난 2011년이다. 나는 고유한 예술세계를 깊게 고민하는 작가들을 찾아 나서곤 하였다. 조수도 없이 6미터 FRP 파이프에 수천 개의 구멍을 내던 조각가와 들판에 앉아 해 저물도록 물감을 풀던 화가를 만났다. 파이프에 뚫은 수천 개의 구멍으로 흘러든 땀방울과 수만 번의 붓질은 유희보다는 숨 가쁜 예술노동이었다. 그 노동은 반짝이는 아이디어에 견줄 바가 아니다. 발상과 도구, 작가와 작품을 이분법으로 나누어서도 그 가치는 무색해진다.

그들의 자부심을 기억한다. "내가 진실하면 작품도 그래요. 사유가 깊으면 진중해지지요. 땀 흘리며 다양한 방도를 생각합니다. 직관은 순수할 때 더 빛나고 작품도 그래야하지 않을까요? 그걸 봐 주는 눈을 원하고 함께 나누고 싶습니다. …" 삶을 온전히 저당 잡힌 채 간구해온 그들의 예술작품은 혼신을 다한 작가가 완성작의 주인임을 실감케 하고도 남았다. 그러나 냉혹한 현실은 가난한 예술가를 쉽게 인기작가의 반열에는 올려놓지는 않는다. 하여 수십 년의 생활고를 감내해야만 하는 작가들이 이 땅에는 많다. 아둔할 만큼 침묵과도 같은 예술을 지켜가는 작가들이 수두룩하다.

긍정적이든 부정적이든 수면에 이는 파문처럼 바람 잘 날 없는 미술계다. 어쩌면 살아있다는 증거일 것이다. 살아있음의 진정한 의미를 '화육법畵六法'에서 찾아본다. 중국 남제南齊의 인물화가인 사혁(謝赫 : 479~502)이 정리한 육법은 오랫동안 중국 화평畵評의 기준이 되었다. 그 첫 번째가 기운생동氣韻生動인데, 작품에 깃든 혼이 핵심인 기운생동은 기술보다는 정신적인 측면을 강조한다. 그 화육법을 모태로 현대미술작가의 기본 강령을 나름대로 정리해 본 적도 있다. 바로 '칠위일체七位一體'의 예술이다. 실은 마사치오(masaccio : 1401~1428)의 '성삼위일체'에서 차용한 말이다.

차가운 머리로 판단하고, 뜨거운 가슴으로 느끼며, 냉철한 눈으로 보고, 진실한 손으로 매만지고, 깊고 신중한 입으로 설명하고, 열린 귀는 차이를 수용할 것이며, 부지런히 발을 움직여야 할 예술. 어디까지나 나의 주관적인 강령임을 강조한다. 최근 메스컴을 달군 미술계의 '관행'이 편치 않다. 그 관행의 모델인 개념미술가나 미니멀리스트, 팝아티스트들이 나의 강령을 들었으면 고루하다 할 것이다. 분명한 것은 그들과 '관행'을 주장하던 주인공과의 행보는 확연히 달랐다는 점이다. 유명인 한 사람으로 인해 수많은 작가와 대중이 받았을 상처와 오해의 잔흔은 남는다. 그 중심에 선 '관행'은 환불만이 답일까. 깊은 자각과 개선이 없는 한 이번 '관행'은 두고두고 불편한 '관행'이 될 것이다.

2016년 5월, 대구신문 '오피니언'

메멘토 모리

파꽃이 동그랗게 폈다 지더니 파꽃 지던 그 길로 5월이 따라갔다. 대신 흰 나비꽃 날개 위로 능소화 웃음소리 요란하고 촘촘한 등심 붓꽃은 파꽃처럼 정답다. 존재를 한 무리에 묻은 불두화 덕분인지 천지사방이 둥근 기운으로 생동하는 6월. 유난히 꽃이 많은 오뉴월엔 꽃들과 이웃할 수 있어 행복했다.

산야의 꽃들은 피고 지며 모습도 바꾸는데 그림 속의 꽃들은 한결 같은 모습이다. 시들거나 지는 법 없이 늘 고정태다. 플랑드르의 화가 얀 브레헬의 '나무통의 커다란 꽃다발'(1606~1607)만 봐도 알 수 있다. 공간감이 생략될 만큼 만개한 꽃들은 400년이 흐른 지금도 기세등등하다. 바로 그림의 환영이 주는 매력일 것이다.

서양미술사는 꽃그림에 환영을 추구한 시기를 17세기로 기록한다. 1660년 프랑스에서 정물화를 아카데미 공식 장르로 인정하면서 화가들은 꽃을 정확하게 묘사하기 시작했다. 특히 프로테스탄트가 우세했던 네덜란드에서는 교회나 궁정 귀족의 후원이 줄어 시민이 작품의 주된 구매자가 되었다. 당시 그림에서 일상적인 주제를 선호하게 된 계기였다. 네덜란드인들은 사실적인 정물화와 풍경화를 좋아했고 그 중 화려한 꽃그림은 인기가 높았다. 이유는 실제의 진귀한 꽃보다 가격이 저렴하고 필멸의 꽃을 활짝핀 상태로 오래 두고 볼 수 있다는 장점 때문이다. 더하여 장식적인 효과는 최대치다.

그러나 당시 얀 브레헬이 그린 꽃다발과 같은 꽃묶음은 존재한 적이 없다. 시간차를 두고 몇 달에 걸쳐 피는 꽃들의 조합이었던 것이다. 주문자의 요구를 충족시킨 화가의 탁월한 묘사력을 엿볼 수 있는 대목이다. 당시엔 화려한 꽃 그림만 성행한 것은 아니다. 정물대 위엔 종종 해골도 함께 오르곤 하였는데 해골은 삶과 죽음의 경계를 암시하는 상징물이다.

고대로부터 서양에서 죽음은 작품의 주요 주제다. '메멘토 모리(Memento Mori-죽음을 기억하라)'의 교훈이 그렇다. 옛날 로마의 장군이 전쟁에서 승리를 하고 돌아와 시가행진을 할 때 노예에게 '메멘토 모리'를 외치도록 지시했다고 한다. 언젠가는 죽을 것이니 승리했다고 우쭐대지 말고 겸손할 것을 상기하려는 의도였다. 이 같은 태도는 인간의 오만함을 경계하며 허영과 무상함이라는 바니타스Vanitas 정물화로 옮겨졌는데 해골을 그린 것은 이와 같은 맥락이다.

그런데 잠시 나타났다가 사라진 바니타스 양식이 21세기에 와서 다시 등장한다. 영국의 현대미술작가 데미안 허스트(Damien Hirst : 1965~)의 '신의 사랑을 위하여'(2007년)가 대표적이지 않을까. 두개골에 백금과 8,601개의 다이아몬드를 박은 '신의 사랑을 위하여'는 인간의 욕망과 죽음과의 상관관계를 조망한 작품으로 잘 알려져 있다. 결국 메멘토 모리나 바니타스, 화려한 꽃 그림과 보석을 박은 해골작품은 예술이 오랜 시간 삶과 죽음에 대한 질문을 놓고 있지 않음을 보여준다. 죽음에 대한 질문이 짙을수록 생동하는 삶의 현장이 그립다. 지난해 봄이다. 처음 간 모 학교가 낯설어 도움을 청하려고 조교실로 갔더니 마침 조교가 자리를 비우고 없다. 그 자리를 털털한 중년분이 지키며 친절하시다. 교직원이려니 하던 차에 조교가 왔고 친절하던 그 분을 학과장님이라고 소개한다. 더 놀란 것은 조교실 한쪽 벽면에 쌓인 컵라면 탑이었다. 배고픈 학생이라면 누구나 먹을 수 있도록 학과장님의 사비로 채워놓는 라면이라 하였다. 얼마 전 스크린도어 사고로 숨진 정비용역업체 직원이 남기고 간 컵라면과 오버랩되어 코끝이 찡하다.

세월 가도 시들지 않는 꽃그림은 삶의 절정만을 탐닉하는 인간의 욕망을 견준다. 해골에 박힌 보석도 세속적 유희와 삶의 덧없음을 우회로 들춘다. 환영의 예술이 진실보다 더 진실하게 현실을 직시하는 순간이다. 일면 예술의 생명력일 것이다. 그러나 우리의 삶은 희망한다. 환한 모습 그대로 그저 예쁜 꽃들이 만발한 세상이기를. 예쁜 꽃과 빛나는 보석 위에 역설의 무채색을 덧입히지 않아도 되는 작가가 많아지는 세상이기를. 메멘토 모리를 외치는 씩씩하고 굳은 절개를 겸비한 리더가 차고 넘쳐 젊은 꿈이 스크린 도어에서 산산이 부서지는 일은 일어나지 않는 세상이면 더할 나위 없겠다.

2016년 6월, 대구신문 '오피니언'

토대를 다질 때

　대작과 위작 논란으로 미술계는 시름이 깊다. 어느 시인의 시 한 구절처럼 예술을 보면서도 예술이 그립다. 답은 아니지만 동심만한 위안이 있을까. 며칠 전 대구은행 로비에 펼쳐놓은 어린이들 그림에 푹 빠졌다. 유명하거나 고가도 아니지만 어린이들만의 꿈과 현실이 조합된 풍경이 낯선 듯 낯설지 않았다. 손색없는 경쾌함 덕에 동심과 오롯이 호흡할 수 있었다.

　그들의 그림 일면은 엘 그레코(El Greco : 1541~1614)를 생각나게 했다. 엿가락처럼 길게 늘어진 육신은 카논canon의 규칙을 깡그리 무시했다. 원근법과 투시도법 음영법 따위도 알기 전인 듯하다. 주대종소의 화면구성에 무지개 색 하늘은 천국인가 싶다. 오색나무열매와 각종 동물들, 꽃송이도 초현실주의와 야수파 입체파 등, 여러 미술 양식을 총집결해놓은 듯하다. 아마도 지식인의 시각으론 숙맥 같은 표현 천지라 할 만하다. 그토록 불명료한 그림을 충분히 이해한 것을 합리적인 논리로는 답할 길이 없다. 더하여 헛헛하던 마음까지 밝아졌으니 말이나 글을 덧댄다면 오히려 사족이 될 것이다. 그림이라는 장르에 아이들의 순수함이 더해졌기 때문일 것이다. 그 중 한 점, 꿈을 조랑조랑 매단 '소원나무' 그림이 특히 인상적이다.

'파레아나의 편지'만큼 희망적으로 다가 왔다. '파레아나의 편지'(Pollyanna, 1913)는 엘리너 포터의 소설이다. 20년 전 내게 '기쁨'을 전해준 책으로 기억한다. 내용을 간단히 요약하면 이렇다.

"가난한 목사의 딸 파레아나는 자선단체에 인형을 받고 싶은 마음을 편지로 보내지만 크리스마스 선물로 지팡이가 당도하자 실망한다. 선물을 사줄 수 없었던 아버지는 우는 딸을 달래며 고난을 기쁨으로 승화시키는 게임을 제안한다. 아버지가 가르쳐준 게임은 세상을 긍정적인 시각으로 보는 일종의 마음게임이다. 덕분에 파레아나는 자신은 물론 주변 사람들에게 크고 작은 기쁨과 희망을 전하는 기쁨전도사와 같은 삶을 산다."

파레아나이즘, 파레아나이쉬라는 말이 사전에 등록될 만큼 긍정적인 삶에 반향을 불러일으켰던 주인공이 바로 파레아나다.

은행 로비에 전시된 아이들의 그림들도 파레아나의 밝은 모습에 버금갔다. 도움의 손길을 차치하더라도 하나같이 명랑했다. 하여 그들과 파레아나를 동일시하는 건 무리가 아니다. 안타깝게도 간간이 어른의 손길이 아이들의 순수함을 덮친 부분이 아쉬웠지만 대체로 파레아나의 동심 같은 세상을 고스란히 담아내고 있었다. 나 어릴 적에도 저랬나 싶을 만큼. 그러나 그토록 밝은 세상에도 어두운 그림자가 지나갔다.

얼마 전 유치원생들 사이에 일어난 성범죄사건 기사를 보고 소스라쳤다. 너무 어린 나이기에 법에도 기댈 수도 없는 처지란다. 원인은 유해한 미디어의 부분별한 과다노출에 무게를 싣는다. 어른들의 욕망과 방심이 아이들의 투명한 정신세계를 멍들게 하고 있음을 방증한다. 기가 막힌 사건은 이 밖에도 여럿 된다. 결국은 상처와 아픔이다. 상처 받은 당사자와 부모님 그리고 국민들에게 희망의 전도사 '파레아나의 편지'라도 위로가 될까. 어른들의 책무를 통감하며 아이들의 삶을 방향 잡아줄 견고한 발판 마련이 시급하다. 여러 가지 방도가 있겠지만 필자는 교육에 주목하고 싶다.

현재 한국의 중·고등학교에서 이루어지는 예능교육만 보더라도 불균형한 상태다. 주요 입시교과목에 밀려 3학년 땐 미술수업 시간이 아예 없다. 엄밀히 따지면 초등학교 이후부터 활발한 미술 교육의 맥은 희미해진 셈이다. 정서순화와 심신의 안정, 신체리듬의 조율 등은 특정 시기에만 필요한 것이 아니다. 교육이 불균등한 토양에선 훌륭한 인격 형성도 기대하기 어렵다. 예리한 시각으로 시대를 선취하는 것도 중요하고 좋은 결과도 바라는 바지만 그것만이 교육의 본령은 아닐 것이다. 작고 가까운 것의 가치부터 살피고 적절한 시기에 양질

의 교육을 실천함이 옳다.

　격식도 위엄도 없는 은행 로비에서 불특정 행인들을 미소 짓게 하던 어린 영혼들의 맑은 그림이 어른인 나로서는 잊지 못할 여운이다. 곧 그 밝은 꿈들이 그림 속을 차고 나와 현실에서 날갯짓 할 차례다. 그 희망의 씨앗들이 마음 놓고 발아할 수 있도록 어른들은 탄탄한 바탕을 다질 때다.

2016년 7월, 대구신문 '오피니언'

받아쓰기

전화가 없던 시절 어머니의 편지는 매번 '어머님 전상서'로 시작됐다. 외할머니가 받아볼 편지 첫머리 말이다. 눈이 침침해진 어머니의 말을 받아 적어줄 때면 '전 상서'인지 '전상서'인지가 헷갈리곤 했다. 문명에 길들여진 세대의 습성이다. 반면 어머니 손에 당도한 외할머니의 답장은 띄어쓰기는 물론 맞춤법이 깡그리 무시됐다. 일제강점기와 6.25 동란을 모두 겪느라 학교에 갈 수 없었던 세대의 비애다. 안타깝던 외할아버지는 벽에다 '가 갸 거 겨…'를 손수 써 붙여놓고 밤마다 외할머니의 문맹을 깨우쳐주었다고 한다. 이젠 고인이 된 노부부의 잔잔한 애정과 모녀의 극진한 정이 선연하다.

며칠 전 '퇴근길 인문학─북성로에서 만나요'에서 외할머니의 편지글과 비슷한 시를 만났다. 잠시 잊고 살았는데 새록새록 옛날이 다시 떠올랐다. 칠곡 할머니들이 지은 시는 진솔했다. 직접 대면하진 않았지만 시 속엔 그들만의 삶이 고스란했다. 외할머니와 어머니를 만난 듯 반가워 한 건 참석자 모두다. '위기지학의 글쓰기'를 강연한 시인이 할머니들의 시화 한 점씩을 선물했고, 그 선물이 강의의 핵심임을 눈치 챘다. 세상을 온전히 받아쓸 수만 있어도 진정한 시인의 경지에 이를 수 있다는 말을 하며 건넨 시, 한 할머니의 진솔한 성찰은

이랬다. "눈 뜨면 부석에 불 넣고/ 숫이대만 끄잡아 내고/ 고기 찌지고 밥하고/ 일평생/ 영감 위해서/ 가시개로 쫑쫑 고기 썰고/ 새벽밥 힘에 부친다/ 그래도 내 영감 / 곁에 있으마 좋다."

척하지 않고 있는 그대로의 삶을 받아 쓴 시였다. 보고 또 봐도 향기롭다. 인생의 잡다한 국면에 대한 진솔한 받아쓰기는 비단 시에만 국한될까. "우리는 별에 갈 수 없지만 별을 향해 갈 수는 있다. 거룩해지려면 낮은 자리에 있어야 한다. 칼끝은 자기에게 겨누어야 하고 자기가 망가지지 않고는 기쁨과 위안을 줄 수 없다. 악과 선보다 더 나쁜 것이 위악과 위선이며 진짜 진실은 쓰레기통에 버려져 있다. 토사물도 물기가 빠지면 추하지 않고 아름다운 것은 아름다운 곳에서는 볼 수 없다. 무릉에 있어야 도원을 볼 수 있고 머리로 쓰는 글은 세수 안하고 분 바르는 것과 같다." 강연장에서 빼곡하게 받아 적었던 시인의 말이다.

몸에 힘을 빼고 고양된 정신을 받아쓴 휑한 세한도처럼, 구불구불한 클레의 세련되지 않은 선묘처럼, 모자란 듯 진솔하고 고귀한 예술적 지향은 모든 예술가들의 꿈 아닐까. 그 길이 아득하고 멀어 다시 한 발짝 후퇴 한다.

2016년 11월, 영남일보 문화산책

삶의 동사

　칠흑 같은 어둠 속엔 촛불 하나뿐이다. 초에서 비롯된 빛과 진한 어둠의 대비가 극명하다. 흰 초가 검고 넓은 여백에 둘러싸여 극도의 긴장감을 자아낸다. 자세히 보면 불꽃에 비해 초의 몸이 작다. 현실 같은 비현실경이다. 바로 화가 신순남의 작품 『회상』이 그렇다. 100 호 캔버스에 오롯이 촛불 하나만 담긴 이 작품은 지난 2015년 안동 문화예술의전당 〈디아스포라의 배〉전에 건 작품들 중 한 점이다.

　신순남은 1928년 연해주에서 태어나 2006에 작고한 디아스포라 작가다. '디아스포라'는 유대인처럼 모국이 존재하지 않는 경우에 적용되며 식민지 지배와 전쟁, 정치적 억압, 경제적 빈곤 등의 이유로 타국의 삶을 살아낸 사람들을 지칭한다. 당시 필자는 참여 작가 13명의 작품세계를 모두 기록했지만 유독 신순남의 『회상』이 오래도록 인상 깊다. 디아스포라의 일생이 촛불에 응축되어 있는 듯했기 때문이다.

　17세기 프랑스의 화가 조르주 드 라 투르도 『참회하는 마리아 막달레나』 앞에 한 자루의 촛불을 켜 놓았다. '촛불의 화가'로 불리는 드 라 투르는 로렌 지방의 광대한 영지를 소유한 부호였고 재산을 지키려다 분쟁에 휘말렸다. 민중에게 가혹한 행위를 한 그는 1652년 1

월에 온 가족이 몰살당하는 비극을 맞고 만다. 그가 참극을 맞기 12년 전 1940년에 그린 촛불은 진리와 신앙의 공간에 홀로 남은 '비탄의 바다' 즉, 막달레나를 비추고 있다. 이때 촛불이 발하는 고요한 빛은 인간의 내면을 응시하며 세속의 허무함과 욕망의 덧없음을 발설한다.

프랑스 철학자 가스통 바슐라르도 촛불을 묘사했다. 그는 저서 『촛불의 미학』에 이렇게 썼다. "촛불은 질량이 없는 존재지만 강력하며… 부서져 내리는 모래보다 더 가벼운데도 자신의 형태를 만들어 낸다."고.

순간 불타고 마는 촛불의 속성이 그림에서는 삶의 일시적 유희를 의미한다. 스스로를 태워 세상을 밝히는 존재는 죽음이자 생의 의미로 해석되기도 한다. 이중적 상징인 것이다. 그러나 아무리 탁월해도

'그림'은 허상이다. 그 허상에 진실보다 더한 진실이 담기곤 한다. 종합해보면 예술과 철학이 묘사한 촛불의 구심점엔 '삶의 동사'가 스며 있다. 그리고 진행형이다. 발음해 보시라. '촛불이 탄다.' 라고.

　현재 대한민국에서 일고 있는 촛불민심도 진행형이다. 앞서 소개한 그림에서와 같이 하나가 아니다. 바다를 이루었다. 제 몸을 녹여가며 밝힌 불빛엔 혼란한 시국을 방관만 할 수 없어 나선 민심이 투영되었다. 각종 매체마저 우리의 감정을 가만두지 않지만 민심의 분노는 오히려 침착하다. 헛된 욕망과 복잡한 이념에 편승하지도 않으려는 민심은 정의와 평화를 염원하는 '삶의 동사'이기 때문이다. 흔들리는 정권보다 국민들의 그 열정과 냉철함이 오히려 존경스럽다.

2016년 11월, 영남일보 문화산책

"겉껍질을 까면 말랑말랑하고 하얀 속살이 나오고 매끄러운가 싶으면 팍팍하고 목이
메여 소금과 물을 곁에 두어야하는 삶은 계란" 그러나 나는 재치도 없이 이리 답하지
않았을까.
삶은 '과정'이자 '사랑'이라고. 헐~

여섯째 이야기

삶은 계란?

머물지 않는 시간

　참 오랜만이었다. 5개월도 더 지난 것 같다. 방학하면 한 번 다녀
가라 했는데 이런저런 핑계만 대고 살았다. 오늘은 꼭 가겠노라 말하
려던 참이었다. 그런데 수화기 너머로 들려오는 목소리가 낯이 설다.
전화기의 새 주인이 수녀님은 내일부터 서울에 계실 거라고 한다. 거
처를 옮긴다는 뜻이다.

　수도자들은 한 곳에 오래 머물지 않는다는 것을 알았지만 갑작스
런 통보가 내심 서운하다. 피정하고 돌아왔다며 저녁 때 수녀님이 전
화를 하셨다. 당신 마음은 뒤로 하고 섭섭해 하는 나를 위로한다. 같

은 하늘아래, 그것도 그리 멀지 않은 곳으로 거처만 옮길뿐인데 갑자기 뭔가를 잃어버린 것 같이 마음이 허전하다. 그간 방치하듯 만남과 관계에 태무심했던 나를 책망하지만 후회는 이미 때가 늦다.

아픈 이별일수록 그리움이 짙다. 가까웠던 사이일수록 그리움은 더 사무친다. 늘 곁에 있어줄 것만 같은 존재의 부재이기에 빈 자리가 더 크게 느껴지는 법이다. 이별이 올 때마다 밀고 가야 할 슬픔이 싫어 함부로 인연 맺지 못한다. 사람에게 집착하지 말자 해도 다짐은 늘 마음과 따로 움직인다. 그러나 수화기를 내리며 또 다시 다짐을 한다. 소중한 인연일수록 만남과 사랑을 미루지 말자고, 머물지 않는 시간이기에.

2008년 3월, 종료 후

바보(바람 않고 보듬어 주기) 사랑

　간만에 포콜라레(focolare 벽난로 : 1943년 끼아라 루빅이 분열과 갈등으로 얽힌 세상에 사랑과 일치의 정신이 확산되도록 하기 위해 결성한 영성 운동 단체)에서 피정을 갔다. 여름방학을 맞아 참석한 마리아 폴리(마리아의 도시) 피정지에서 처음이자 마지막으로 김수환 추기경님을 뵈었다. 신부님이 포클라레를 위해 피정지에 특별히 방문해주신 것이다. 덕분에 마음으로만 그리던 분을 가까이서 볼 수 있어 좋았다. 손녀 같은 우리들과 게임도 하고 악수도 나누며 일일이 축성해주시던 모습이 할아버지처럼 푸근했다. 그 후 여러 해가 갔고 '바보'와 '사랑'이라는 특별한 말을 남기고 천국으로 가셨다.

　"바보같이 70이 되어서야 비로소 사랑이 뭔지 알게 되었다."고 하던 신부님의 미소가 액자 속에 고스란히 담겨 있다. 한결같은 미소에 겸손과 따뜻한 사랑이 고여 있다.

　'사랑은 이해의 다른 이름'이라고 한 탁낫한 스님 말씀처럼 사랑은 영혼을 풍요롭게 하는 것들과 연결된다. 그리고 가치 있는 삶의 방향키가 된다. 그 '사랑'의 실천에는 일반적인 잣대로 가늠할 수 없는 무한한 감내가 전제 되었으리라.

　"사랑이란 무엇인가 남에게 자기 자신을 완전히 여는 것입니다. 외적 인물이

잘나서, 또는 돈 명예 지위 때문에 사랑하는 것이 아니고 '그 사람'이기 때문에 사랑하는 것입니다. 그 사람의 기쁨을 나눌 뿐 아니라 서러움, 번민, 고통을 함께 나눌 줄 아는 것, 잘못이나 단점까지 다 받아들일 줄 아는 것, 그의 마음의 어두움까지 받아들이고 끝내는 그 사람을 위해서 목숨까지 바칠 수 있는 것이 참 사랑입니다. 그래서 참 사랑은 행복하지 않습니다. 남의 고통을 자기 것으로 삼을 만큼 함께 괴로워 할 줄 아는 것이기 때문입니다."

김수환 추기경의 『바보가 바보들에게』 중에서

메모장엔 또 다른 사랑이 기록되어 있다. 언젠가 보고 좋아서 베껴 놓은 것인데, 아마도 어느 심리학자의 공이지 싶다. 4~8살 난 천진한 아이들이 내린 사랑의 정의는 사소하면서도 순수하다. 조심스럽게 옮겨보면 이렇다.

"사랑이란 내가 피곤할 때 나를 미소 짓게 하는 거예요.

사랑이란 한 소녀가 향수를 바르고 또 한 소년이 쉐이빙 코롱을 바른 후 만

나서 서로의 향기를 맡는 거예요.

사랑이란 누가 나에게 상처 주는 말을 하거나 날 아프게 해서 내가 너무나 화가 나도 그 사람에게 소리를 지르지 않는 거예요. 왜냐하면 내가 그러면 그 사람이 기분 나빠질 테니까요. 사랑이란 엄마가 아빠를 위해 커피를 끓인 후 아빠에게 드리기 전에 맛이 괜찮은지 한 모금 맛을 보는 거예요.

사랑이란 어떤 남자에게 너의 셔츠가 예쁘다고 말했을 때 그가 그 셔츠를 매일 입고 오는 거예요.

사랑이란 엄마가 아빠에게 닭고기를 주실 때 그 중 제일 맛있는 걸 골라주시는 거예요.

사랑이란 우리 강아지가 나를 뽀뽀해대는 거예요. 하루 종일 혼자 집에 내버려두는 데도 말이죠.”

2016년 1월

요양원 일기

　요양원에도 부활절이 찾아 왔다. 여느 가톨릭 단체처럼 그곳에도 계란 그림이 한창이었다. 나는 계란에 그림 몇 점을 그려놓고 요양원부터 구경했다. 내부는 고요하고 정갈했다. 계단을 올라 2층으로 가니 작고 노란 방에 모여 앉은 어르신들이 한 가족 같다. 조용한 분위기에 밝은 표정으로 반갑게 맞아주는 그분들과 인사를 나누다가 침대 머리맡에 놓인 사진 한 장과 눈이 마주쳤다. 빛바랜 사진이 내 눈을 끌어당긴 것이다. 사진 속에서는 앳된 여인이 활짝 웃는다. 기억의 편린인가? 꿈은 아닐까? 어쩌면 아스라이 멀어져간 그리움인지도? 싱그러운 그녀의 미소에서 그 방 할머니의 지난날이 상상의 길로 스쳐간다. 백발이 되어도 꼭 잡아두고 싶었던 젊은 날의 초상이었을 것이다. 젊은 그녀가 내 귀에 속삭이는 것만 같다. 우리 살이(삶) 새옹지마塞翁之馬 공수래공수거空手來空手去라고.

　방을 나와 성당으로 들어갔다. 성전엔 묵주 알을 돌리시던 할머니 홀로 고요하시다. 방해 될까봐 조심했지만 인기척에 웃어 주신다. 그 할머니의 백발 위로 낮 햇살이 따사롭다. 햇살을 받아 상기된 할머니의 볼이 복사꽃이다. 누구나 두려워할 막다른 길목에서 수줍고 선하게 짓던 할머니의 미소가 귀하다. 신이 할머니의 독백을 경청했던

것일까. 아니면 남몰래 쌓아온 수양의 몸짓인지도. 할머니의 아우라에서 왠지 모를 따뜻한 울림이 번져 나온다. 알 수 없는 존경심과 고마움이 인다. 나는 할머니께 두 손을 모아 공손하게 절 올리고 다시 1층으로 내려왔다. 1층엔 여전히 분주했다. 다시 그들 틈에 앉아 할머니 모습처럼 잔잔한 꽃집 백 채 그려놓고 집으로 돌아왔다.

2010년 4월, 휴식 공간에서

겉모습

　여고시절 비밀처럼 꿈 하나를 품었다. 남몰래 간직한 그 꿈은 수녀였다. 운명처럼 수녀님과 신부님을 만났고 '훈나'라는 세례명도 얻었다. 그러나 수녀 복을 입지는 못했다. 가지 못한 길에 대한 미련은 생각보다 길었다. 결혼 후에도 가슴 속 깊이 여운이 남아있을 만큼. 주위에서는 그런 내 모습이 수녀 같다고들 했다.

　유부녀를 수녀로 보면 서로가 곤란하다. 더 큰 불편은 진짜 수녀를 기대할 때이다. 기대에 못 미칠 때 날아오던 비난의 화살은 상처를 동반했다. 그때 알았다. 수도자들이 진 십자가에는 겉모습에 거는 타인들의 기대도 포함되어 있다는 것을. 그러나 문제의 근본은 옷이나 이미지가 아니다. 절개와도 같은 신심이다. 겉껍질이 두꺼울수록 속은 더 깊게 묻히기 마련이다. 묻힌 속은 우러나올 뿐 드러나질 않는다.

　이솝우화 한토막이 생각난다. 다른 새들의 깃털로 화려하게 몸치장을 했다가 바람에 깃털이 날리자 실체가 들통 난 까마귀는 잘나 보이고픈 인간의 욕망을 대변한다. 탈무드의 잠언집에도 '산양이 수염만 길렀다고 랍비(선생)가 될 수 없다'는 구절이 있다. 산양의 수염과 까마귀의 깃털은 그럴듯하지만 오래가질 못했다. 겉을 치장한들

속이 그렇지 않으면 우러나올 풍미가 없다는 뜻이다.

　탄탄하지 않으면 베끼게 된다. 알맹이 없는 모방은 겉치레에 불과할 뿐 본 모습이라 하기 어렵다. 서랍장 같은 삶이다. 겉모습은 속모습의 거울이다. 육신의 껍질은 투명하지 못하여 내면을 온전히 드러내진 못한다. 다만 우러나올 뿐이다.

2009년 5월, 연필을 깎고

내 탓

3월의 봄바람에 겨울이 섞여 있다. 숨었다가 나타나기를 반복하던 바람이 머리카락을 마구 헝큰다. 바람에 엉키는 머리카락 잘라내면 복잡한 심경도 정리될까? 내친김에 미용실로 갔다. 가운을 입고 조용히 눈을 감았다. 전문가를 믿고 성가시게 굴지 말기로 했다. 단발로 잘라달라는 부탁을 하자 머리카락 잘려나가는 소리가 귀 가깝게 들린다. 두 시간이 지난 후 헤어디자이너가 벗겨놓았던 안경을 끼워주며 거울을 보라고 한다. 귀 밑만 볼록한 귀밑머리다. 자르고 당기고 빗긴 머리카락 말려가며 정성을 다하던 그의 노고가 무색해지는 순간이다. 긴 헤어스타일이었던 나로서는 아쉬움이 크다.

컷팅과 머리손질에 들인 시간도 아깝다. 자른 머리카락을 다시 붙여 달라고 할 수 없어 상한 마음으로 미용실을 나왔다. 집에 와서 봐도 어색하긴 마찬가지. 당기고 빗고 쓸어 넘겨봐도 어색하긴 마찬가지. 시름과 번뇌 망상 모두 잘린 머리카락에 묻어가길 바랐는데 사라진 것 보다 남겨진 것이 더 많다.

학교에서 볼 학생들 생각에 잠도 오지 않는다. 그들 앞에서 내가 주인공은 아니지만 몽당 헤어스타일은 왠지 체면이 아닌 것 같다. 뒤척이며 잠을 청하는데 드라마 '용의 눈물' 한 장면이 떠오른다. 태조

이성계가 경순공주의 머리카락을 잘라주는 장면이다. 친오빠 이방원에게 남편과 가족을 잃고 속세에 미련이 없어진 공주가 출가를 결심하자 마음을 돌릴 수 없었던 아버지가 친딸의 머리카락을 잘라주는 장면이다.

『구약성서』의 〈사사기〉에도 머리카락과 관련된 이야기가 있다. 머리카락에 괴력이 숨어 있던 삼손이 데릴라에게 그 사실을 밝혔다가 머리카락이 잘리는 사건이다. 수녀님들은 수건으로 머리를 감싸고 스님들은 삭발을 한다. 통증도 없는 신체의 일부가 보이는 것 이상의 의미를 지닌다.

돌이켜보니 심란할 때마다 미용실로 달려간 것 같다. 그때마다 마음에 쏙 들만큼의 헤어스타일이었던 적은 손에 꼽을 정도다. 오늘도 그 중 한 번인데, 좀 심했다. 나의 굳은 표정에 좌불안석이던 미용사가 자꾸만 아른거린다. 공연한 짓 했다 싶다. 자르면 다시 자랄 거고 스타일도 가꾸면 될 텐데 아이처럼 심통을 부렸다. 아무래도 얼굴 마주 보며 정중하게 미안한 마음을 전해야 할 것 같다.

2013년 3월 4일, 거울 앞에서

미사Missa

　주일은 늑장을 부리거나 조금 게을러도 조급증이 나지 않는다. 고 요히 머무는 것도 기도지만 가능하면 성당으로 미사(Mass영, Messe 독, messe프-미션-파견하다-파견의식, 영신靈神의 양식)를 보러간다. 성당으 로 가는 것과 미사를 보는 것은 일종의 예식이다. 그 예를 다하려는 마음과 절차가 모두 기도의 순간이다. 기도는 신께 말을 건네며 믿고 맡기는 순간인 것이다.

　성전에 들기 전에 먼저 씻는다. 영혼과 마음의 때가 말끔해지길 바 라며 손에 성수 적셔 이마와 입, 가슴에 성호를 긋는다. 성수로 씻은 몸을 미사포로 덮고 심신을 조아린다. 한 주간의 곡절들을 차곡차곡 다지며 십자가 앞에 앉아 묵상한다. 감사와 고마움과 미움 조각들, 아프고 괴롭고 미안했던 일들을 새기며 꼭꼭 눌러 담아두었던 마음 보따리를 십자가 앞에 풀어놓는다. 장소가 반드시 중요한 건 아니지 만 성스러운 집이어서 일까, 이내 비워진 마음엔 어머니 품 같은 평 화가 찾아든다. 때론 가슴에서 무언가 울컥하고 올라와 옆에 앉은 어 린 아이에게 들킬까봐 흐르는 눈물 닦느라 바쁘다. 고인 눈물 내보낸 뒤에 찾아드는 평화. 아마도 신이 주려고 하신 바로 그것일 것이다.

　미사는 찬미讚美의 시간이다. 성체를 먹고 성혈을 마셔 신과 하나

되는 시간이다. 침묵 속에서 빛나는 신비를 영접하는 시간이다. 심금을 울리는 신비는 믿음 안에 있다. 물질에 젖기보다 영혼에 젖는 순간이다. 마음에 낀 칙칙한 이기심들 말끔히 닦는 시간이다. 탁한 양심 주머니를 털어내고 심연의 곳간을 말갛게 드러내는 시간이다. 마주 댄 두 손 가득 감사한 일, 소중한 이들, 이름 없이 외롭게 간 영혼의 축복을 빌어주는 시간이다. 아프고 억울하게 십자가에 못 박힌 예수를 생각하며 그 사랑 안에서 서로를 섬기는 시간이다. 맑아진 영혼과 조우하는 시간이다. 내곁의 아픔들을 외면하지 않고 어루만지는 시간이다. 더 많은 이들이 사랑에 동참할 수 있기를 기도하는 시간이다. 간절한 기도일수록 근원과 가깝다. 근원은 알 수 없는 에너지로 흘러 서로와 서로를 사랑으로 닿게 한다.

과학의 논리로 신비를 증명하기란 쉽지 않다. 하여 이성적인 머리는 종교의 맹점을 꼬집곤 한다. 종교의 맹목성에 항거하고 반항한 적도 여러 번이다. 율법이나 형식 보다 실천이 중요하다며 저항하곤 하였다. 그래도 미사를 빠지지 않는 이유는 한 주에 수만 번은 죽었을 나를 다시 살게 해주는 영혼의 해우소이자 정제수이기 때문이다.

"나 가진 재물 없으나, 나 남이 가진 지식 없으나, 나 남이 없는 것 있으니, 나 남이 보지 못한 것을 보았고, 나 남이 듣지 못한 음성 들었고, 나 남이 받지 못한 사랑 받았고, 나 남이 모르는 것 깨달았네…하략" <나>, 카톨릭 성가 p511

이 모든 것을 느끼지 못하면 교회, 절, 성당 모두 세속의 그것들과 다를 바 없다.

2008년 1월 27일, 성가

꿈

　작년 말, 우주인 선발을 두고 온 나라가 술렁였다. 어마어마한 경쟁률을 뚫고 두 명의 예비자가 결정되었다. 그로부터 1년이 흐른 오는 4월 8일, 세계가 우주선 이륙에 주목하는 중이다. 무슨 이유인지는 몰라도 러시아에서 훈련 중이던 예비 우주인 고산 씨가 중도 하차를 선언한 기사가 났다. 대신 예비 우주인이던 이소연 씨가 우주선에 오른다는 소식이다. 전 국민이 기대하던 고산 씨는 미안하고 안타까운 심정을 편지로 남겼다. 자신을 지켜봐준 국민들께 실망을 안겨주어 죄송하다는 말과 함께 그는 '꿈'을 언급했다.

　"사람이 꿈을 갖고 살아간다는 것이 얼마나 큰 기쁨이고 행복인지 우주인 훈련을 받으며 느낄 수 있었다."　　　　　　　　　　　　　　고산 씨의 편지 일부

　병석에 계신 노교수님, 이별을 아파하며 울던 친구, 기대에 못 미친 결과에 낙담한 작가 등 심란한 사연들 때문에 상심이 큰 요즘이다. 납덩이 같은 그 마음에 고산 씨의 짤막한 편지가 작은 위로를 준다. 비록 우주선 탑승은 못했지만 우주로 향하던 그의 준비기간은 특별한 꿈의 한가운데였을 터. 이루지 못하고 특별하지 않아도 꿈은 꾸는 그 순간부터 이미 희망이다. 그리고 행복이고 기쁨이다.

　　　　　　　　　　　　　　　　　　　　　　2008년 3월, 청백림 아래서

잊지 못할 순간

'잊지 못할 순간?' 하고 물으면 성야미사가 떠오른다. 2013년부터 내리 삼년, 내게 성야 미사는 잊지 못할 순간이 되고 말았다.

제 작년이었다. 성당 맨 뒷 좌석에 앉은 한 중년 자매님이 내 미사포를 빌려 쓰고 나갔다. 거의 반 강제였다. 미사포 없이 제대 앞에 나서기가 난감했던 모양이다. 순식간에 일어난 일이라 얼떨결에 빌려주긴 했지만 생각할수록 황당하고 웃음 나는 장면이다.

작년엔 미사포가 불에 조금 탔다. 옆자리 할아버지가 들고 있던 촛불 때문이다. 하마터면 내 등신불로 아기 예수님 오시는 길 밝혀드릴 뻔했다. 간격이 너무 촘촘하여 일어난 일이다. 아기 예수님 오시는 길에만 주목한 나머지 들고 있던 촛불이 내 미사포로 옮겨 붙은 것을 보지 못한 할아버지가 손으로 연기를 휘저으며 미안해하시던 모습. 조금 놀라긴 했지만 영 잊지 못할 추억이 되었다.

올해도 역시 특별한 미사를 보았다. 바로 뒷자리에 앉은 한 청년 장애우 때문이다. 그의 목소리는 우렁찼다. 스피커로 들려오는 신부님의 목소리를 능가했다. 성가의 음정 박자 가사 무시는 물론 기도문을 지나치게 큰 소리로 읊어대는 바람에 미사에 집중할 수 없었다. 더하여 성가대가 놓친 음정 하나하나를 지적해대는 통에 고요한 밤

거룩한 미사는 일찌감치 포기해야만 했다. 불편했지만 하느님은 그의 신심을 귀히 여기셨을 것이라 믿는다.

뭉클함도 함께였다. 제 작년엔 본당 노 수녀님의 겸손한 등을 보자 눈물이 핑 돌았다. 작년엔 양 팔로 굽은 등허리를 지탱하던 할아버지를 보자 울컥했다. 올해는 잔기침을 손수건으로 막던 할머니를 보자 또 숙연해졌다. 그들이 왜 울림으로 다가왔는지는 모르겠지만 간절한 마음에 오신 성령은 아니었을까 생각한다.

야윈 등과 약하고 겸손한 이들을 따뜻한 손길이 어루만져주는 것 같은 느낌, 그것은 영성의 표징이라고 밖에 이해할 길이 없다. 하늘의 영광, 땅의 평화, 크리스마스의 축복은 다양한 모습으로 잊지 못할 순간을 남겨주었다.

2015년 12월 25일, 촛불을 켜고

삶은 계란

기차여행을 하시던 신부님이 우연히 한 청년을 만났다.

청년이 느닷없이 신부님께로 오더니 고뇌에 찬 표정으로 질문했다.

"신부님! 삶은 무엇일까요?"

갑작스런 청년의 질문에 당황하신 신부님.

그때 두 사람 앞으로 수레를 밀고 가던 역무원이 외쳤다.

"빵, 과자, 음료수, 삶은 계란 있습니다."

신부님이 무릎을 치며 그 청년에게 답하셨다.

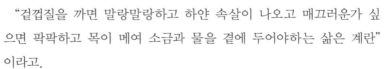

"이보게 젊은이! 삶은 계란이라네!"

선종하신 김수환 추기경님의 유머다.

재치 있는 현답 아닌가.

누군가는 이렇게 말했다.

"겉껍질을 까면 말랑말랑하고 하얀 속살이 나오고 매끄러운가 싶으면 팍팍하고 목이 메여 소금과 물을 곁에 두어야하는 삶은 계란"이라고.

나는 재치도 없이 이리 답하지 않았을까.

삶은 '과정'이자 '사랑'이라고. 헐~

2012년 8월, 우산정리 후

시작과 끝에 대한 질문

　며칠 전 모친의 장례식을 치루고 온 지인을 만났다. 그의 슬픔을 걱정했는데 담담한 표정이 의외다. 고인께 미련이 남지 않을 만큼의 큰 효도를 했거나 깊은 마음공부를 했거나, 둘 중 하나가 아닐까.

　그가 스마트폰에 저장해온 입관식 장면을 보여준다. 장대하고 호화로웠다. 국화꽃에 둘러싸인 황금빛 수의도 고급스러웠다. 장의사들조차 전에 못 본 귀한 수의는 고인이 생전에 직접 마련해 둔 것이라 하였다. 하여 40분이면 족할 장례식이 2시간으로 늘어났고 계획에도 없던 촬영까지 이어졌다고 한다. 촬영은 장의사 측의 홍보가 목적이었을 거라는 것이 지인의 추측이다.

　망자의 저승 가는 길도 홍보용이 되는 시대다. 누군가의 슬픔이 다른 누군가에게는 생계 수단이라니, 달라진 세상을 실감한다. 대학에서는 장례학과, 장례행정복지과, 장례지도학과 등 관련 학과들이 생겨나고 상조시장의 규모도 10조원까지 성장할 것이라고 한다. 따져보면 파라오의 피라미드와 진시황릉의 병마용갱도 산자들이 찬탄해 마지않는 흔적들이 아닌가. 우뚝 선 묘비와 튼튼한 봉분, 고급진 수의도 유족들에게 좀 더 나은 모습으로 기억되길 바라는 고인의 배려는 아니었을까. 산자의 추측일 뿐 고인은 말이 없다. 다만 죽음의 문턱에서 외로웠을 고인의 마지막 삶을 생각하게 된다.

팔순이 넘자 어머니는 종종 유언 같은 말씀을 하신다. 나날이 건강에 자신 없어진다 하시며 때가 오면 고이 갔으면 좋겠다고 한다. 의식이 없는 순간이 오면 생명연장 줄은 잇지 말고 그냥 고이 가게 놔달라고 한다. 자식들에게 폐가 되지 않도록 매일 밤마다 자던 잠에 고이 가게 해달라고 기도한다고 한다. 오지도 않은 죽음을 어머니는 미리 준비하고 계신다. 늘 당신보다 자식들 앞날 먼저 걱정한다. 노베르트 엘리야스의 『죽어가는 자의 고독』은 어머니의 그 바람을 가볍게만 듣고 넘기지 말라고 충고하는 것 같다.

"많은 사람들이 천천히 죽어간다. 즉 많은 이들이 병약해지고 노쇠한다. 물론 임종하는 마지막 순간이 중요기는 하다. 그러나 사람들과의 이별은 그보다 훨씬 일찍 시작된다. 종종 노쇠는 병약함으로 인해 삶과 다른 것으로 생각되기도 한다. 서서히 쇠약해간다는 사실이 그 사람들을 삶으로부터 격리시키는 것이다. 그런 사람들은 점차 사람들과 잘 어울리지도 못하고 쓸쓸하게 느끼면서 여전히 사람들이 주위에 남아있기를 바란다. 그것이 가장 힘든 것이다. 즉 살아있는 사람들의 공동체로부터 나이든 사람, 죽어가는 사람들이 암묵적으로 분리되는 것, 친한 사람들과의 관계가 점차 차가워지는 것, 일반적으로 그들에게 삶의 의미와 온아함을 주었던 사람들로부터 멀어지는 것, 이것이 가장 힘든 일이다." 노베르트 엘리야스의 『죽어가는 자의 고독』 중에서

최근에 부모님을 요양원에 모신 지인들의 사연을 듣는다. 죽음의 문전에서 몇 차례나 다시 영혼을 돌려세웠다는 경험담도 듣는다. 환자와 보호자가 더 큰 고통을 감내해야 할 때가 오면 그제야 그냥 가시게 둘 걸 하는 후회를 한다고 한다.

티벳의 천장遷葬 장면이 담긴 사진첩을 본 적이 있다. 다른 피조물들에게 숨 떨어진 육신을 내어놓는 장례식이다. 시신을 낱낱이 분해해 날짐승들이 먹을 수 있도록 돕는 조력자의 섬뜩한 눈빛을 보았다. 이생에서 몫을 다한 망자의 흔적이 깨끗해질 수 있도록 돕는 조력자, 그의 눈빛을 보는 순간 생과 사의 본질적인 물음으로부터 수행과 무소유의 심오한 경지까지의 다양한 질문들이 오간다. 내 어머니나 나도 끝내는 이 세상과 작별할 운명의 순간을 맞을 테다. 그 전에 어머니의 남은 날이 편하고 당신의 바람처럼 때가 오면 고이 눈감으시길 나도 기도한다.

문득 중광스님의 '괜히 왔다가 간다'고 한 말이 스쳐간다. '소풍 놀이 잘하고 간다'고 한 천상병님과 버나드 쇼의 '우물쭈물 하다가 내 이럴 줄 알았지(I know if I stayed around here long enough, something like this would happen)'라는 말도 깊게 남는다. 윌리엄 예이츠의 묘비명은 또 어떤가. '삶과 죽음에 차가운 눈길 던지고 마부여, 지나가시게(Cast a cold eye on life, on death, horseman, pass by)'

누구에게나 삶의 종지부를 찍어야 할 그날이 오겠지만 가보지 못한 길이기에 두려운 것이다. Well-being이 반드시 Well-dying으로 연결된다는 보장은 없다. 그러나 선종(선하게 살다가 가기)까진 바라지 않지만 미련이나 집착 없이 바람처럼 가볍게 가고프다. 그마저 교만이라면 겸손부터 청해야겠다. 양자물리학은 죽음의 경계를 달리 해석하지만 내 상식에선 아직 이해하기 이르다.

2015년 5월 9일

봉숭아 꽃물

번번이 빗나가던 일기예보가 이번에는 적중했다. 아직 단풍잎 남았는데 첫눈이 오고 있었다. 올해의 첫눈은 고속도로에서 맞이했다. 영주로 강의 가던 중 군위 터널을 막 빠져 나왔을 때다. 회색빛 대기 사이로 눈바람이 엄습했다. 운전 중에 만난 눈은 반가움도 잠시, 갈 길이 우선 걱정이다. 그때 문득 봉숭아 꽃물 생각이 났다. 지난 여름밤 어머니 집 앞마당에 핀 봉숭아 꽃잎 따다가 어머니는 내 손에, 나는 어머니 손에 봉숭아 꽃물 들였다.

세월의 결 가득한 어머니의 손과 내 손에 나란히 고운 색으로 꽃물 들였다. 곱게 물든 손톱 볼 때마다 어머니 생각이 나서 좋다. 손톱 끝으로 동그랗게 밀려난 꽃물이 지금 어머니 손톱에는 얼마나 남았을까. 첫 눈이 올 때까지 남아 있으면 첫 사랑이 이루어진다던데, 참말일까? 이글거리는 태양빛 아래서 찬란하고 매혹적이던 봉숭아 꽃 빨강색. 강렬한 빨강은 차마 다 못 드러내고 손톱에선 은은한 주홍빛으로 첫 눈을 기다려 준다. 기특하여라.

이 나이에 첫 사랑이 가당키나 할까만 생각만으로도 좋은 설렘의 씨앗인 것을. 지금 내 마음이 딱 고만큼인 것을 첫눈이 눈치 챘을지도. 해마다 피는 봉숭아 꽃잎 따다가 무료한 일상 달래라고 지어낸

민담이려니. 그가 누구이건 여일함 속에 달뜬 상상하게 해주니 고마울밖에. 적어도 내겐 강의 갔다 돌아올 때 찾아뵙는 어머니와의 사랑이 더 깊어진다는 뜻이겠지. 손톱 끝으로 밀려 나서도 꿋꿋하게 첫눈을 기다려 준 봉숭아 꽃물을 내년에도 만나기를 기대한다.

2015년 12월, 첫눈 오던 밤

사랑의 증표

　새삼 어르신老人들이 좋아지는 건 나이가 들었다는 증거일까. 단순히 좋다는 의미를 넘어 존경스럽다. 팍팍한 현실은 그분들의 초연함과 곰삭은 여유를 종종 그리움으로 물들인다.

　친 조부모님이 일찍 영면에 들었다. 하여 외조부모님에 대한 기억만 남아있다. 유년 시절 두 분이 우리 집을 다녀가시곤 하였다. 정갈하고 단아한 분들이었다. 동그란 안경과 중절모에 두루마기가 잘 어울렸던 외할아버지가 우리 집에 오시면 나는 평소와 다르게 정숙했다. 아무도 시키지 않았지만 그래야만 할 것 같았다. 어머니는 외할아버지의 까만 구두를 고이 싸서 마루 가장자리 안쪽에 두곤 하셨다. 외할아버지 손에는 늘 사각 가죽 가방과 손잡이가 반질반질한 지팡이가 들려 있었다. 가방 안에는 한자漢字로 된 책 몇 권과 양쪽으로 분리되는 길쭉한 타원형의 안경 통, 그리고 반드시 고구마깡 한 봉지가 들어있었다. 어린 우리들에겐 달달하고 고소한 그 고구마깡이 가장 중요했는데, 솔직히 한 봉지는 무척 아쉬웠다. 입이 몇 개인데 겨우 한 봉지라니. 이젠 안다. 납작한 사각 가방의 품위를 유지하며 외손들에게 당신의 사랑도 표할 수 있는 유일한 물증이었다는 것을. 사람이 직접 전해야 할 마음을 사물로 전달할 때가 있는데 외할아버지의 고구마깡도 당신의 마음을 대변해준 사랑의 물증이었던 것이다.

외할머니는 외할아버지보다 우리 집에 더 자주 오셨다. 옥빛 한복의 자태가 유달리 고왔던 외할머니는 한 손엔 손가방과 다른 한 손엔 분홍색 보자기를 들고 오셨다. 분홍색 보자기는 과자 보따리였다. 외손들을 향한 외할머니식 사랑 표시였던 것이다. 철없던 우리는 과자를 많이 사오시던 외할머니를 외할아버지보다 더 좋아하고 기다렸다. 긴 머리카락을 돌돌 말아 비녀로 고정시킨 외할머니는 잔소리가 좀 많으셨다. 잔소리만 빼면 백점에 십 점을 더 얹어드리고 싶을 만큼 편하고 친근했다.

가끔 귀한 자식일수록 속정으로 키우라시며 어머니를 훈계하시기도 했다. 철없던 우리가 버릇없이 자랄까봐 예의와 도리를 일러 어머니의 수고를 들어주고 싶었던 것이다. 그 깊은 뜻을 알 리 없던 우리는 외할머니의 잔소리가 싫어 부르면 대답도 않고 숨기를 곧잘 했다. 그렇게 우리 집에 계시다가 외가로 가시면 반드시 편지를 보내셨다. 며칠 만에 도착하는 외할머니의 편지를 받고서야 안심 하시던 어머니. 어머니가 쓰신 답장 겉봉투에 주소를 적고 학교 앞 빨간 우체통에 넣는 일은 내 담당이었다. 외할머니와 어머니의 극진한 모정은 지금 우리 자매들에게도 그대로 이어진다.

그 후 여러 해가 갔다. 이젠 두 분 다 천국에서 행복하시리라 믿는다. 이젠 팔순의 시할머니가 계신다. 구순을 앞두신 시할머니는 어릴 적에 뵙던 외조부모님과는 달리 귀여우시다. 작은 선물이라도 챙겨드리면 곧잘 웃으신다. 그 모습이 좋아 아이 과자를 살 때면 시할머니

것도 챙기게 된다. 그러면 속 고쟁이 주머니에서 오천 원짜리 지폐를 꺼내 손에 쥐어주시기도 하신다. "학교 가서 맛있는 것 사먹으래이." 하시던 그 오천 원은 오천 억 원으로도 비교 할 수 없는 시할머니식 사랑의 증표이다.

사각 가방에서, 분홍색 보자기에서, 속 고쟁이 주머니에서 오던 정은 모두 내 삶을 긍정으로 이끌어준 사랑의 증표들이다. 돌아보면 지난 기억들 모두 봄 꿈 같지만 가슴 속에선 빛바래지 않았다. 휘발되지도 않는다. 〈사람은 무엇으로 사는가〉에서 톨스토이는 '사랑으로 산다'고 한다. 세월 가도 메마른 가슴을 적셔주는 온정은 고마움 그 이상이다. 이런 사랑의 증표 여럿을 품고 사는 나는 행운아라 할만하다.

2003년 6월, 별 동산에서

다육이 영성

"자라라, 어서 빨리 쑥쑥 자라라!" 화분에 물을 줄 때마다 주문처럼 외는 말이다. 행운목, 선인장, 베튜니아, 풍란, 파키라, 카멜레온. 우리 집에서 해를 가장 많이 품은 베란다에서 사는 가족이다. 다른 생김새만큼이나 성장과정도 제각각인 식물들이 이웃처럼 모여 작은 마을을 이루었다. 나이도 꽤 됐다. 행운목과 가시선인장은 15년 전 김교수님 연구실에서 이식해온 것이고, 베튜니아는 아들아이가 5년 전 어버이날 화분 채로 사들고 온 것이다. 풍란은 10년 전 이빈이가 선물로 준 것이고, 게발선인장과 카멜레온은 4년 전에 직접 산 것이다. 선인장들은 벌써 여러 집에 이식해주었을 만큼 번식력이 좋고 생명력도 강하다.

어느 날 수녀님께 갔더니 수녀원 마루 밑 봉당과 댓돌 위에도 선인장 같은 다육이가 소복했다. 그 다육이 앞에서 도란도란 얘기를 나누던 중 수녀님이 대뜸 "지나친 관심은 사랑이 아니라 오히려 독이더라."하는 것이다. 시름시름 앓다가 죽은 다육이를 보며 얻은 교훈이라고 한다. 사람처럼 배고플 새라 목이 마를까 매일 물을 준 후부터 죽어버린 다육이. 배품과 나눔이 몸에 배인 수녀님의 큰 사랑이 건조한 환경을 좋아하는 다육이에겐 오히려 독이 되었던 것이다. 그 후

다른 수녀님들이 수녀님께 붙여준 별명이 '다육이 영성'이라고 한다.

　나 역시 여러 번 비슷한 실수를 했다. 그러나 아직도 베란다에 소복한 화분들 앞에 앉아 있는 행복을 누린다. 여명이 올 때 꽃들과 함께 있는 시간은 천국이다. 새벽이 오는 소리를 따라 밀려드는 평화를 누리며 잎들 하나하나 쓰다듬을 때마다 나의 체온이 잎으로 전해지길 바란다. 체온만큼의 사랑이 식물에게도 전해지리라 믿으며 엑스트라처럼 곁을 비집고 올라온 풀도 그냥 둔다. 간간이 핀 꽃과 작은 잎을 보는 것은 또 다른 기쁨이기에. 자세히 보면 무척 예쁘다. 작은 크기만큼의 우주가 있다. 공평한 햇볕을 받아 성장한 것들은 생명일 뿐 잡초는 애초부터 없었다. 물줄 때마다 수녀님의 '다육이 영성'이 떠오른다.

2015년 10월, 베란다에서

가을여행

새벽 비를 타고 가을이 내린다. 메마른 대지뿐만 아니라 가슴을 적시는 빗소리 때문일까. 영적이고 사색적이 된다. '현실의 환기와 보이지 않는 세계를 보고 싶을 때 찾는 곳' 하고 물으면 전시장을 추천하곤 한다. 오곡백과만큼 가을엔 전시 소식이 풍성하다. 큰 규모의 전시만 소개해도 모자랄 지면이다.

부산비엔날레(9월 3일~11월 30일)와 광주비엔날레(9월 2일~11월 6일)가 시작되었고, 창원국제조각비엔날레(9월 22일~10월 23일)와 대구사진비엔날레(9월 29일~11월 3일)는 개막일을 앞두었다. 각각의 도시에서 열리는 국제전에서부터 대구지역에서도 '선— 삶의 비용전(5월 31일~10월 31일)과 'Home Cinema전(6월 11일~10월 16일), '유리상자전'을 비롯한 '강정현대미술전(7월 15일~9월 18일)' 등, 크고 작은 전시들이 줄을 잇는다.

'예술은 무엇을 하는가'로부터 '대중이 주인이 되는 전시', '사물에 예술가의 혼을 불어넣어 예술작품으로 거듭나게 하는 전시' 등, 기획자들의 공력이 야심찬 주제로 드러난다. 성공적인 전시를 위한 임무가 막중하기에 관련 기관과 관계자들은 분주하다. 간과할 수 없는 것은 규모에 버금가는 질과 관심일 것이다. 더하여 묵묵히 작업하는 작가들을 기억하는 일일 것이다.

며칠 전 모 작가를 만났다. 길을 나선 건 작가와 작업장을 두루 보고 작품을 읽기 위해서이다. 대구에서 조금 벗어난 곳, 낯선 초행길은 멀게만 느껴진다. 믿었던 네비게이션에 발등 찍혀 작가에게는 미안하게 됐다. 귀한 시간을 방해하고 싶지 않았으나 길을 잃어 도착시간이 지연됐으니 난망함이 두 배다. 고맙게도 길치인 나의 애환을 너그러이 헤아려주는 작가를 두 시간이나 늦게 만났다.

찾아간 작가의 작업장은 칠곡의 한적한 마을, 넓은 들판이 한 눈에 들어오는 허름한 전원주택이다. 영근 대추알 아래 들꽃이 무성하고 땅바닥과 담벼락에 걸쳐 핀 나팔꽃 곁엔 흰 나비가 춤을 춘다. 이강산의 '화가'라는 동요와 가까운 곳이다. "맑게 갠 공원에서 턱수염 난 화가 아저씨 나비가 훨훨 날아가고 꽃들이 웃고 있는 모습을 … 콧노래를 불러가며 아주 예쁘게 그리고 있었어요. 맑고 푸른 동심을." 만난 작가가 턱수염 난 화가 아저씨는 아니었지만 풍경은 얼추 비슷하다. 작업용 기계소리 때문에 옆집과 불화하며 더불어 사는 삶을 포기한 것과, 콧노래에 맑고 푸른 동심만을 예쁘게 담을 수 없는 형편도 동요와는 사뭇 다르다. 작업장은 작가에게 새로운 도전의 장이자 신천지이지만 이웃과 마찰하는 곳이 되기도 한다.

작가의 작품을 이해할 단서는 많다. 서적과 SNS를 이용할 수도 있고 전시장을 찾아갈 수도 있다. 도록을 통한 간접적인 이해가 이루어질 수도 있다. 그러나 작업과정을 지켜보고 작가를 만나보는 것만큼 작품을 깊이 이해할 수 있는 지름길은 없을 듯하다. 물론 제프 쿤스 Jeff Koons처럼 작품제작에 직접 참여하지 않고 아이디어와 개념만

제공해도 작품이 탄생되는 경우도 있지만 극히 소수이다. 대다수의 작가들은 조수를 두고 작업할 만큼 녹록치 않기 때문이다. 하여 '오리작가'가 되곤 한다. 땅에서는 걷고 물을 만나면 헤엄을 친다. 경우에 따라서는 서툰 날갯짓까지 겸해야하는 오리와 같은 작가. 현실은 작가에게 대놓고 만능을 원하지 않지만 자의든 타의든 만능재주꾼이 될 수밖에 없는 현실이다.

2016년, 대구신문 칼럼

섹소폰 소리 들리면

20대 중반, 새댁은 유쾌한 분을 만났다. 상대방의 말이 채 끝나기도 전에 일방적으로 전화를 끊는 습관만 고치면 매력 만점의 신사. 아담한 키에 베레모가 썩 잘 어울리고 색소폰 연주 실력이 수준급인 그분은 시아버님이다. 어느 날 학교 가는 나를 부르더니 명곡집을 부탁한다. 전문가의 조언을 받아 서점에 들러 클래식 명곡집을 사다드렸더니 시댁에 갈 때면 연습하는 척, 몇 곡씩 들려주곤 한다. 한때 음악 담당 교사를 했을 만큼 음감이 탁월해 가족끼리만 듣기엔 아까울 만큼이다. 잘은 몰라도 풍류를 아는 분이 분명하다. 넥타이나 모자를 고르는 기준이 좀 까다롭지만 미술을 전공한 며느리의 안목은 꽤 믿는 눈치이다.

결혼 전 혼잣말처럼 내게 하신 커다란 약속들, 설마 했는데 말없이 지키셨다. 박사과정 중에 주변이 주는 상처가 힘겨워 학업을 포기하려는 며느리를 찬찬히 위로하며 학교 마당까지 태워주시던 정성,

용기를 주신 당신 덕분에 10년 만에 박사모를 쓰고 당당하게 졸업식장을 걸어 나올 수 있었다.

형제도 없이 단신으로 모진 세월을 이겨내며 가족을 책임지는 그 꾸준함이 존경스럽다. 남다른 가족사랑은 물론 스스로 챙기는 건강법도 본받을 만하다. 손자와 며느리 사랑은 유달리 끔찍하시다. 입학식과 졸업식 날이면 고사리 같은 손자 손에 덕담과 사랑의 말 담긴 편지를 건네고 독특한 볼펜이 생기면 학업에 매진하는 며느리에게 먼저 주곤 하셨다. 며느리는 늘 부족했지만 싫은 소리와 내색 한 번 않고 오히려 하얀 봉투에 용돈 담아준 적이 여러 번이다.

어느 날 갑자기 찾아온 투병, 세 달 남짓 병원에 계실 땐 온 가족이 침울했다. 독한 약 기운에 사경을 헤맨다며 통장을 내게 맡기던 그 세 달은 가족을 책임져온 당신의 무거운 삶을 처음으로 실감하는 순간이었다. 분에 넘치는 당신의 그 큰 사랑은 한결같지만 다양한 핑계에 떠밀려 보답을 못했다.

20년 전 철부지였던 며느리는 당신과 영화도 보고 카페에도 가는 신세대 며느리가 되리라 결심했는데 실천하지 못한 채 20년을 보내버렸다. TV에서나 어느 골목길에서 섹소폰 소리 들려오면 고마운 당신을 생각한다. 가족이라는 이름으로 맺어진 어려운 시아버님이지만 먼저 가신 친정아버지를 대신해준 당신은 내게 또 한 분의 아버지였다. 이제 백발이 되어 절룩거리는 당신에게 며느리는 입에 맞는 음식 한 번 따뜻하게 차려드릴 일을 계획한다.

2015년 11월이 올 때

서영옥의 집이야기

2016년 12월 7일 초판 1쇄 인쇄
2016년 12월 15일 초판 1쇄 펴냄

지은이 | 서영옥
펴낸이 | 이철순
디자인 | 이성빈

펴낸곳 | 해조음
등   록 | 2003년 5월 20일 제 4-155호
주   소 | 대구광역시 중구 남산로13길 17 보성황실타운 109동 101호
전   화 | 053-624-5586
팩   스 | 053-624-5587
e-mail | bubryun@hanmail.net

ISBN 978-89-92745-54-3 03800

• 잘못된 책은 바꾸어 드립니다.
• 책값은 뒤표지에 있습니다.